좋으실 대로

좋으실 대로

윌리엄 셰익스피어 최종철 옮김

민음사

차례

좋으실 대로

007

일러두기

1 번역에 사용한 저본 및 참고본은 작품 해설에 밝혀 두었다.
2 고유명사의 표기는 국립 국어원의 외래어 표기법을 따르되 이미 굳어져
   널리 쓰이는 표기 등은 예외를 두었다.
3 원문에서 의도적으로 어법에 맞지 않게 쓴 표현은 그대로 살려 번역하거나
   일부 방언을 사용했고 대부분 각주로 표시했다.
4 독자의 편의를 위해 대사의 행수를 5행 단위로 표기했으며, 이는 원문의
   길이와 전체적으로는 거의 같지만 완벽하게 일치하지는 않는다.
   한 행이 계단식 배열로 표시된 것은 1) 한 인물이 같은 행을 나누어
   말하거나 2) 둘 이상의 인물이 같은 행을 나누어 말하는 경우다.
5 막 구분 없이 장면의 연속으로만 진행되던 셰익스피어 당시 공연 관행을
   반영하기 위해 막과 장의 숫자만 명기하고 장소는 각주에서 설명했다.
6 부록에 수록한 원문은 구텐베르크 프로젝트 웹사이트에서 가져왔다.

등장인물

로절린드	원로 공작의 딸
실리아	프레더릭 공작의 딸
원로 공작(페르디난드)	추방 생활 중
프레더릭 공작	그의 자리를 찬탈한 동생
올랜도	롤런드 드 보이스 경의 셋째 아들
올리버	롤런드 드 보이스 경의 큰 아들
애덤	보이스 집안의 하인
데니스	올리버의 하인
찰스	프레더릭 공작의 씨름 선수
르보	궁정인
터치스톤	광대
에이미언스	원로 공작을 따르는 귀족
자크	우울한 신사
코린 실비우스	양치기들
피비	여자 양치기
오드리	시골 처녀
올리버 말씀 망쳐	시골 교구 신부
윌리엄	시골 청년
히멘	혼인의 신
자크 드 보이스	롤런드 드 보이스 경의 둘째 아들
귀족들	프레더릭 공작의 수행원
귀족들	원로 공작의 동료
산지기들	
시동 2명	원로 공작의 수행원
	수행원들

장소	올리버의 저택, 프레더릭 공작의 궁정, 아든 숲

1막 1장

올랜도와 애덤 등장.

올랜도   내 기억으로는 애덤 노인, 이런 방식에 따라 내게는
유언으로 천 크라운이란 푼돈만 배정됐어, 그리고
당신 말처럼 형에게 축복을 내리시며 나를 잘 키우
라고 당부하셨지. 그런데 내 슬픔은 바로 거기서 시
작됐어. 형은 작은형 자크를 대학에 보냈고 그는 공   5
부를 잘한다고 금빛 찬사를 듣고 있어. 근데 난 촌
놈처럼 집에만 두고 관리해. 좀 더 적절히 말하자면
집에만 두고 관리는 안 하지. 왜냐하면 나 같은 가
문의 신사에게 이걸 관리라고 할 수 있어, 외양간에
서 수소 먹이는 것과 다를 바 없는데? 그는 나보다   10
자기 말을 더 잘 돌봐. 잘 먹여서 튼튼한 데다 걷는
법을 가르칠 목적으로 비싼 기수까지 고용하니까.
근데 동생인 내가 그에게서 얻는 것이라곤 크는 것
밖에 없는데, 그야 두엄 위에 서 있는 그의 짐승들
이나 나나 그에게 신세진 건 꼭 같잖아. 더구나 내겐   15
이렇게 풍족하게 아무것도 안 주면서 자연이 내게
준 건 인상 쓰며 빼앗으려는 것 같아. 나를 자기 머
슴들과 같이 먹게 하고 동생 자리에서 내쫓으며 자

1막 1장 장소
올리버의 과수원.

9

기 능력이 닿는 한 내 귀족 성품을 깎아내리는 교육
을 하고 있어. 내가 한탄하는 건 애덤 노인, 바로 이   20
거야. 그런데 아버지의 기개 때문에, 그게 내 안에
있다고 생각하는데, 이런 식의 굴종에 반항하기 시
작했어. 어떻게 벗어날지 현명한 대책은 아직 없지
만 더 이상 참고 있진 않을 테야.

（올리버 등장）

애덤   저기 제 주인님, 당신 형님이 오시네요.   25

올랜도   비켜 서 봐, 애덤, 그럼 그가 날 어떻게 혼쭐내는지
        듣게 될 테니까.

올리버   이봐, 여기서 뭐 해?

올랜도   아무것도 안 하죠. 하라고 배운 게 없는데요.

올리버   그럼 뭘 망치고 있어?   30

올랜도   원 참, 전 형님을 도와 신이 빚어 주신 이 불쌍하고
        하찮은 동생을 빈둥거리게 해서 망치고 있답니다.

올리버   원 참, 할 일이나 찾아봐, 내 눈에 띄지 말고.

올랜도   제가 형님의 돼지나 치고 그것들과 함께 왕겨나 먹
        어요? 제가 얼마나 방탕하게 제 몫을 써 버렸다고   35
        이렇게까지 궁핍해야 합니까?

올리버   네 위치를 알기나 해?

올랜도   예, 잘 알지요. 형님의 과수원이요.

올리버   누구 앞인지 아느냐고?

올랜도   예, 제 앞에 있는 분이 저를 아는 것보다 더 잘 알죠. 40
        당신이 제 맏형이란 건 압니다. 그리고 귀족의 혈통
        으로 볼 때 형님도 절 동생으로 아셔야죠. 이 세상
        예법으로는 형님이 제 윗사람입니다, 장남이시니까.
        하지만 같은 전통에 따라서 우리 둘 사이에 형제가
        스물이 있다 해도 제 혈통이 없어지는 건 아니죠. 아 45

버지의 정기는 제게도 형님만큼 많답니다, 앞서 나왔으니까 아버지에게 더 가깝다는 건 고백하지만요.

올리버 뭐라고, 이 녀석이!

올랜도 아서요 형님, 이런 일엔 너무 어리십니다!

올리버 이 상놈이, 내게 손찌검을 할 테야? 50

올랜도 전 상놈이 아니고 롤런드 드 보이스 경의 막내아들입니다. 그분은 제 아버지셨고 그런 아버지가 상놈을 낳았다고 말하는 자는 세 겹 상놈이죠. 당신이 형님만 아니었어도 한 손으론 목을 쥔 채 다른 손으론 그런 말을 한 혓바닥을 뽑아 버렸을 겁니다. 당신 55 은 자기 얼굴에 침을 뱉었어요.

애덤 주인님들, 참으십쇼. 부친을 생각해서라도 의좋게 지내십쇼.

올리버 이거 놓으라니까.

올랜도 마음 내킬 때까진 안 놓을 겁니다. 제 말 들어 줘야 60 겠어요. 아버지는 형에게 저를 잘 교육시키라고 유언하셨죠. 근데 형은 절 농사꾼처럼 길들여 귀족다운 자질은 모조리 가리고 숨겨 버렸어요. 제 안에서 아버지의 기개가 힘차게 자라나 더 이상은 참지 않을 겁니다. 그러니 귀족에 어울리는 훈육을 받게 해 65 주든지, 아니면 아버지가 유언으로 남기신 초라한 배당금을 제게 주십시오. 그걸로 제 행운을 한번 사 보렵니다.

올리버 그래서 어쩌려고? 써 버리고 구걸하려고? 좋다, 안으로 들어가. 너 때문에 오래 골치 아프긴 싫으니까 70 원하는 것의 일부를 갖게 해 주지. 제발 좀 놔줘.

올랜도 제게 득이 되면서 어울리는 것 이상으로 형을 거스르진 않을게요.

11

올리버	늙은 개 같으니, 함께 꺼져.
애덤	늙은 개가 제 보답입니까? 맞는 말이지요, 당신께 75 봉사하느라고 이가 다 빠졌으니까요. 돌아가신 옛 주인님이라면 그런 말씀 안 하셨을 겁니다.

(함께 퇴장)

올리버	그렇단 말이지? 내게 기어오르기 시작했어? 그 주 제넘은 태도를 고쳐 주지, 그러면서 천 크라운도 안 주고 말이야. 여봐라, 데니스! 80

(데니스 등장)

데니스	부르셨습니까?
올리버	공작의 씨름꾼 찰스가 내게 할 말이 있다고 여기 오지 않았어?
데니스	예, 나리, 여기 문간에 와서 나리를 만나게 해 달라 고 조르고 있답니다. 85
올리버	들라 해라. (데니스 퇴장) 그게 좋은 방법이야. ─ 게다가 씨름은 내일 있고.

(찰스 등장)

찰스	안녕하십니까, 나리.
올리버	잘 지냈나, 찰스 군. 새 궁정에 무슨 새 소식이라도 있는가? 90
찰스	새 궁정엔 옛 소식 말고는 무소식이랍니다, 나리. 다 시 말하면 원로 공작은 동생인 프레더릭 공작에 의 해 추방됐고, 서너 명의 충성스러운 귀족들이 자진 해서 함께 유랑 길에 올랐는데, 그 사람들의 토지와 수입으로 새 공작은 넉넉해졌지요. 그래서 그들에 95 게 돌아다녀도 좋다는 허락을 흔쾌히 내리셨답니다.
올리버	말해 보게, 원로 공작의 딸 로절린드도 아버지와 함 께 추방됐는가?

찰스	아뇨. 왜냐하면 그녀의 사촌인 새 공작 딸이 그녀를
	너무나 사랑하여 — 요람 시절부터 줄곧 함께 자란
	터라 — 유배를 따라가거나 아니면 뒤에 남아 죽겠
	노라고 했기 때문이죠. 그녀는 궁정에 있으며 삼촌
	의 사랑을 친딸 못지않게 받고 있고, 그들만큼 서로
	를 아끼는 두 아가씬 절대로 없답니다.
올리버	원로 공작은 어디서 살겠다는 거지?
찰스	소문에는 그가 이미 아든 숲속에 있고 유쾌한 사람
	들도 많이들 같이 있으며, 그들은 거기에서 그 옛날
	잉글랜드의 로빈 후드처럼 살고 있답니다. 소문에는
	젊은 신사들이 매일 그에게 떼 지어 몰려가 황금시
	대처럼 근심 없이 세월을 흘려보내고 있답니다.
올리버	근데 자넨 내일 새 공작 앞에서 씨름할 건가?
찰스	그럼요, 합니다, 나리. 그래서 한 가지 문제를 알려
	드리러 왔습지요. 제가 은밀히 알아낸 바로는 나리
	의 막내동생 올랜도가 신원을 감추고 저와 맞붙어
	한판 승부를 벌이려 나올 작정인가 봅니다. 나리, 전
	내일 명성을 걸고 씨름할 텐데, 누구든 팔다리가 부
	러지지 않고 저를 피해 가려면 몸을 잘 놀려야겠지
	요. 나리의 동생은 그저 어리고 약해서 제가 나리를
	좋아하기 때문에 꺾어 놓긴 싫지만, 만약 나온다면
	제 명예 때문에 그렇게 해야겠지요. 따라서 나리에
	대한 제 호의 때문에 알려 드리러 왔습니다. 이건
	그가 자초하는 일이고 제 뜻과는 정반대라는 점에
	서 그의 의도를 막아 주시든지 아니면 그가 당할 수

100

105

110

115

120

108행 로빈 후드
숲속의 무법자 무리의 지도자인 민담 속 영웅, 로빈 후드 이야기는 대륙의 『롤랑의
노래』처럼 영국에서 중세부터 대중문화의 일부였다. (아든)

치를 잘 견디시라고 말입니다.

올리버   찰스, 나에 대한 자네의 호의는 고맙고 그건 앞으로   125
알게 되겠지만 최대한 후하게 갚을 걸세. 나도 이번
에 동생의 목표를 알아채고 은밀한 방법으로 말리
려고 노력해 봤네. 하지만 그는 확고해. 찰스, 자네에
게 단언컨대 이 녀석은 프랑스 최고의 젊은 고집쟁
이로 야심만만하고 모든 사람의 장점을 시기하여   130
경쟁하며 친형인 내게도 반항하는 비밀 악당 모사
꾼이라네. 그러니 자네 뜻대로 하게나. 난 자네가 그의
손가락보다는 목을 분질러 놓았으면 좋겠어. 분명히
그렇게 하는 게 좋을 거야. 왜냐하면 자네가 그에게
조그만 망신이라도 준다거나 그가 자네를 누르고   135
큰 영예를 얻지 못한다면, 그는 자네를 독살시키려
고 음모를 꾸밀 것이고 간교한 계책으로 덫에 빠뜨
릴 것이며 이런저런 간접 수단으로 자네의 목숨을
취하기 전까진 절대 놔주지 않을 테니까. 단언컨대
(그리고 눈물을 머금고 하는 말인데) 이토록 어리고   140
이토록 사악하면서 오늘 살아 있는 자는 하나도 없
으니까. 내가 형제로서 말하는 거라서 이렇지 그를
있는 그대로 뜯어 보면 난 얼굴을 붉히고 울어야 하
고 자네는 하얘지고 놀라워해야 할 거야.

찰스   이곳 나리께 온 게 진심으로 기쁩니다. 내일 그가 나   145
온다면 대가를 치르게 해 주지요. 그가 만약 제 발
로 걸어 나간다면 전 상금 걸린 씨름은 절대 않을
겁니다. 그럼, 안녕히 계십시오.   (퇴장)

올리버   잘 가게, 찰스 군. ─ 이제 이쪽 선수를 부추겨야지.
그가 끝장나는 걸 봤으면 좋겠다. 내 영혼은 ─ 이유   150
는 아직 모르겠지만 ─ 무엇보다 그를 가장 미워하

니까. 하지만 그는 부드럽고 학교는 안 다녀도 박식하며 고상한 계획이 그득하고 온갖 사람들로부터 마법 같은 사랑을 받는 데다, 실은 이 세상 사람들의 마음, 특히 그를 가장 잘 아는 내 사람들의 마음을 너무나 꽉 사로잡아 난 전적으로 평가 절하되었다. 하지만 이런 상태가 오래가선 안 되지. 이 씨름꾼이 다 해결해 줄 거야. 이 애가 거기로 가도록 들쑤시는 일만 남았는데 이제 그걸 하러 가야지.

155

(퇴장)

1막 2장

로절린드와 실리아 등장.

실리아	부탁이야, 소중한 사촌, 로절린드, 즐거워해.
로절린드	사랑하는 실리아, 난 능력 이상의 기쁨을 보이고 있어.
실리아	그래도 더 즐거워했으면 좋겠어.
로절린드	추방되신 아버지를 잊게 해 줄 수 없다면 넌 내게 무슨 별난 쾌락이든 기억하는 법을 가르쳐선 안 돼.
실리아	이 점에서 넌 내가 널 사랑하는 최대치로 날 사랑하지 않는다는 걸 알겠어. 만약 추방되신 네 아버지 삼촌께서 공작이신 내 아버지 삼촌을 추방하셨어도 난 너만 항상 곁에 있다면 내 사랑에게 그 아버지를 내 아버지로 받아들이라고 가르칠 수 있어. 너도 그

5

10

1막 2장 장소
공작의 궁정 앞 잔디밭.

15

력할 거야, 나에 대한 네 사랑의 진실이 너에 대한 내 것만큼 올바로 조율되어 있다면 말이야.

로절린드 그럼 난 너의 처지에 환희하며 나의 처지를 잊어버리게. 15

실리아 넌 내 아버지가 나 말고는 자식이 없으며 가질 가망도 없으시다는 걸 알아. 그리고 실은 아버지가 돌아가시면 당연히 네가 그의 계승자가 될 거야. 그가 네 아버지에게서 강제로 빼앗은 걸 난 너에게 애정으로 돌려줄 테니까. 내 명예에 걸고 그럴 거야. 그런 20 데도 내가 이 맹세를 깨면 괴물이 되라지. 그러니까 아름다운 로즈, 사랑하는 로즈, 즐거워해.

로절린드 지금부터 그렇게, 얘, 그리고 오락거리를 생각해 볼게. 어디 보자, 사랑에 빠지는 건 어때?

실리아 어디 한번 그래 봐, 장난 삼아 말이야. — 하지만 어 25 떤 남자도 진정으로 사랑하진 마. 또한 장난일지라도 순수하게 얼굴 한 번 붉히는 안전장치로 순결하게 관둘 수 있는 이상은 하지 말고.

로절린드 그럼 우리 무슨 장난 해 볼까?

실리아 둘이 앉아 운명 여신 아줌마가 물레질을 못 하게 놀 30 려 먹자. 그래서 앞으로는 그녀의 선물이 공평하게 나눠지도록 말이야.

로절린드 그럴 수만 있다면 좋겠어. 그녀의 혜택은 크게 잘못 배정되니까. — 그리고 관대한 그 여자 장님은 여자들에게 선물을 줄 때 가장 크게 실수해. 35

실리아 맞아, 그녀는 아름답게 만들 여자는 좀처럼 순결하게 만들지 않고, 순결하게 만들 여자는 아주 못난

22행 로즈
로절린드의 약칭. 장미라는 뜻이기도 하다.

얼굴로 만드니까.

로절린드 아냐, 넌 이제 운명 여신에서 자연 여신의 소임으로 건너갔어. 운명이 관장하는 건 이 세상의 선물이지 40 자연이 빚는 이목구비가 아냐.

(터치스톤 등장)

실리아 아니라고? 자연이 미녀를 만들었대도 그녀는 운명 에 의하여 불 속에 떨어질 수도 있잖아? 자연은 우 리에게 운명을 비웃을 기지를 주었지만 운명은 우리 의 논란을 중단시키려고 이 바보를 들여보낸 게 아 45 닐까?

로절린드 운명이 자연의 천치로 하여금 자연의 기지를 중단시 키게 하다니 자연에겐 정말이지 너무나 가혹한 운 명이야.

실리아 어쩌면 이건 운명이 아니라 자연의 소행일 수도 있 50 는데, 그녀는 우리의 타고난 기지가 이런 여신들을 논하기엔 너무 둔하다는 걸 알고 이 천치를 우리의 숫돌로 쓰라고 보냈는지도 몰라. 바보의 우둔함은 언제나 기지의 숫돌이 되니까. ─ 그런데 기지께선 어딜 떠도시나이까? 55

터치스톤 아가씨, 부친께 가셔야 되겠습니다.

실리아 네가 심부름꾼이라도 됐어?

터치스톤 제 명예를 걸고 아닙니다, 하지만 모셔 오란 명을 받았습니다.

실리아 그런 맹세는 어디서 배웠어, 바보야? 60

34행 여자 장님
운명의 여신을 말하며, 그녀가 인간에게
호의와 불행을 공평하게 배분한다는
사실을 표시하기 위하여 장님으로, 또는
적어도 눈을 가린 상태로 그려진다. (아든)

47~48행 운명이 … 하다니
운명의 여신이 자연의 천치(터치스톤과
같은 바보)로 하여금 천부적인 기지를 가진
자신들의 논란을 중단케 하다니.

터치스톤	어떤 기사에게서요. 그는 자기 명예를 걸고 팬케이크는 좋다고 맹세했고 자기 명예를 걸고 겨자는 형편없다고 맹세했답니다. 이제 제 주장을 말하자면 팬케이크는 형편없었고 겨자는 좋았어요. 그래도 그 기사가 거짓 맹세를 한 건 아닙니다.
실리아	높이 쌓인 네 지식으로 어떻게 그걸 입증하지?
로절린드	그래, 이제 네 지혜를 풀어 봐.
터치스톤	이제 두 분 다 앞으로 나오세요. 뺨을 쓰다듬으며 수염을 걸고 제가 불량배라고 맹세하세요.
실리아	우리의 수염을 걸고 — 만약 그런 게 있다면 — 넌 불량배야.
터치스톤	제 불량기를 걸고 — 만약 그런 게 있다면 — 전 불량배였어요. 하지만 없는 걸 걸고 맹세한다면 거짓 맹세를 하는 게 아니랍니다. 이 기사 또한 자기 명예를 걸고 맹세한 게 아니었죠, 왜냐하면 그런 건 전혀 없었고 만약 있었더라도 그 팬케이크나 그 겨자를 보기도 전에 이미 맹세로 다 날려 버렸으니까요.
실리아	제발, 네가 말하는 그 사람은 누구야?
터치스톤	(로절린드에게) 아가씨 부친, 페르디난드 노인이 사랑하시는 분이죠.
로절린드	아버지의 사랑이면 그를 존경하기에 충분해. 됐어! 그 사람 얘긴 그만하자. 넌 험담 때문에 언젠가는 채찍 맞을 거야.
터치스톤	현자들의 어리석은 행동을 바보들이 현명하게 말할 수 없다니 더욱 애석하네요.
실리아	참말로 네 말이 맞구나. 바보들이 가진 눈곱만 한 기지가 조용해진 뒤로 현자들이 가진 눈곱만 한 바보짓이 아주 크게 보이니까.

65

70

75

80

85

(르보 등장)

여기 르보 씨가 왔어.

로절린드　입에 소식을 가득 물고.　　　　　　　　　　　90

실리아　그걸 우리에게 들이밀 거야, 비둘기가 새끼에게
　　　　먹이 주듯.

로절린드　그럼 우린 소식으로 통통해지겠지.

실리아　좋지 뭐, 우린 더 잘 팔릴 테니까. 봉주르, 르보 씨,
　　　　무슨 소식이라도?　　　　　　　　　　　　　95

르보　고운 공주님, 아주 좋은 오락을 놓치셨습니다.

실리아　오락? 무슨 색깔인데?

르보　마마, 색깔이라니요? 어떻게 답해야 할지?

로절린드　기지와 운명에 따라서.

터치스톤　아니면 숙명의 여신들이 명하는 대로지요.　　　100

실리아　맞았어. ─ 괴발개발 그렸지만.

터치스톤　아니, 그렇게 제 입을 막으시면 ─

로절린드　묵은 너의 구린내가 아래로 빠지겠지.

르보　이거 참 놀랍습니다. 아가씨들께서 멋진 씨름을 못
　　　보셨기 때문에 그 얘기를 해 드리려고 했는데.　　105

로절린드　그럼 그 씨름의 방식이라도 얘기해 줘.

르보　그 시작을 말씀드리고 두 분께서 좋으시다면 그 끝
　　　을 보실 수도 있습니다, 왜냐하면 결승은 아직 멀었
　　　고 그걸 벌이기 위해 그들이 여기 아가씨들 계신 곳
　　　으로 오고 있으니까요.　　　　　　　　　　110

실리아　근데 그 죽어서 묻혀 버린 시작은?

르보　한 노인과 세 아들이 왔는데 ─

실리아　그런 시작과 짝할 옛 얘기는 나도 하나 아는데.

94행 봉주르
프랑스어 인사로, '안녕하십니까'라는 뜻.

르보	그 셋은 몸집과 외모가 빼어난 멋진 청년들로서 —
로절린드	그들의 목에 걸린 유서에는 '이 문서로 모두에게 고 115 하건대'라고 적혔겠지.
르보	셋 가운데 첫째가 공작의 씨름꾼인 찰스와 씨름을 했는데 찰스가 한순간에 메다꽂아 갈비뼈가 세 대 나 부러졌고 살아날 가망이 거의 없답니다. 그는 둘 째도 그렇게 또 셋째도 그렇게 다뤘답니다. 셋은 저 120 건너에 누웠는데 불쌍한 노인인 그들의 아비가 너무 나 애처롭게 비탄하고 있어서 구경꾼들 모두가 그 의 편을 들면서 울고 있답니다.
로절린드	딱해라!
터치스톤	그렇다면 르보 씨, 아가씨들이 놓쳤다는 오락은 125 뭐죠?
르보	그야, 내가 말한 이거지.
터치스톤	이래서 사람은 날마다 현명해진다니까. 갈비를 부러뜨리는 게 아가씨들에게 오락이 된다는 얘기는 생전 처음 듣네요. 130
실리아	나도 그래, 정말이야.
로절린드	그런데 자기 옆구리에서 이런 불협화음을 듣고 싶은 사람이 또 있어? 갈비뼈 부러뜨리는 일에 푹 빠진 사람이 또 있단 말이야? 얘, 우리 이 씨름 한번 구경 할까? 135
르보	여기 남아 계시면 하실 수밖에 없지요. 지정된 씨름 장이 여기니까요. 그리고 그들은 경기할 준비가 다 되어 있답니다. (주악)
실리아	저기 분명 그들이 오고 있어. 이제 여기 남아 그걸

115행 유서
세 청년은 목숨을 잃을 위험을 감수하고 있으므로 마지막 유언을 가지고 다닌다. (아든)

보기로 하자.

(프레더릭 공작, 귀족들, 올랜도,

찰스 및 시종들 등장.)

프레더릭 공작   서둘러라. 젊은이가 간청을 듣지 않으니 무모한

배짱 때문에 위험을 감수해야지.

로절린드   저게 그 사람인가?

르보   바로 그입니다, 마마.

실리아   저런, 너무 어리잖아. 하지만 성공할 것처럼 보이는데.   145

프레더릭 공작   웬일이냐, 딸 — 과 질녀가. 씨름을 보려고 이곳으로

숨어 들어왔느냐?

로절린드   네, 각하, 허락해 주시기 바랍니다.

프레더릭 공작   별로 재미없을 거다. 분명히 말하는데 저 사람의 우

위가 확실해. 도전자의 어린 나이를 불쌍히 여겨 내   150

그를 기꺼이 말리려 했지만 간청을 들으려 하지 않

아. 숙녀들이 말 걸어 봐, 그의 마음을 움직일 수 있

는지 알아봐.

실리아   르보 씨, 그를 이리 불러오게.

프레더릭 공작   그리하게, 난 비켜 있을 테니.   155

르보   도전자 씨, 공주님이 찾으시네.

올랜도   존경과 예절을 다해 두 분을 모시겠습니다.

로절린드   젊은이, 당신이 씨름꾼 찰스에게 도전했나요?

올랜도   아닙니다, 고운 공주님. 그가 모두에게 도전했답니

다. 전 그저 다른 사람들과 마찬가지로 저의 젊은 힘을   160

시험해 보려고 나왔을 뿐입니다.

실리아   젊은 신사, 당신의 기백은 나이에 비해 너무 대담해

요. 이 사람의 힘이 남긴 잔인한 증거를 봤잖아요.

당신 눈으로 직접 봤다거나 판단해서 직접 알았다

면 이 모험에 따르는 공포심의 조언을 듣고 좀 더   165

능력에 맞는 일을 해야지요. 우린 당신이 자신을 위해 본인의 안전을 소중히 생각하고 이번 시도를 그만두기 바랍니다.

로절린드 그렇게 해요, 젊은이. 그렇다고 당신 명성이 얕보이 진 않을 거예요. 우리가 공작님께 청을 넣어 이 씨 170 름이 진행되지 않도록 해 보죠.

올랜도 간청컨대 이렇게 아름답고 빼어난 숙녀들에게 뭔가 를 거절하는 건 큰 죄라고 고백합니다만 그래도 저 를 나쁘게 생각하시는 벌은 내리지 말아 주십시오. 그 대신 고운 눈과 친절한 소망으로 저의 시험을 지 175 켜봐 주십시오. 제가 만약 패하면 은총 한 번 못 받 은 사람이 창피당할 뿐이고, 죽는다면 그러고 싶은 사람이 살해당할 뿐입니다. 친구들에게 잘못하지도 않을 겁니다, 애도해 줄 사람이 아무도 없으니까요. 이 세상에 해를 입히지도 않을 겁니다, 그 안에 가 180 진 게 아무것도 없으니까요. 전 이 세상에서 자리만 차지하고 있는데 그걸 비워 주면 더 나은 사람이 채 울 수도 있겠지요.

로절린드 내 힘은 아주 적지만 당신에게 갔으면 좋겠네요.

실리아 거기에 보태어 내 힘도. 185

로절린드 잘 가요. 하늘에 빌건대 내가 당신을 잘못 봤기를.

실리아 소원을 이루기 바랍니다.

찰스 자, 이 젊은 한량은 어디 있지, 자신의 어머니인 대 지와 꼭 함께 눕고 싶어 한다면서?

올랜도 여기 있소, 하지만 그의 욕심은 좀 더 겸손한 일을 190 하는 데 있답니다.

188~189행 자신의 ... 한다면서
땅속에 묻히는 죽음에 대한 좀 과장되게 울적한 성적인 비유. (아든)

좋으실 대로

22

프레더릭 공작	너는 단 한 판만 겨룰 것이다.
찰스	그럼요, 공작님께선 그를 첫 판부터 들어서지 말라
	고 엄청 설득하셨는데 둘째 판을 간청하진 않으시
	리라고 장담합니다.
올랜도	나를 나중에 조롱하겠단 뜻인데 그럼 미리 조롱하
	진 말았어야죠. 하지만 덤비시오.
로절린드	헤라클레스의 도움으로 성공해요, 젊은이!
실리아	난 투명 인간이 된 다음 저 힘센 자의 다리를 걸었
	으면 좋겠네. (올랜도와 찰스는 씨름한다.)
로절린드	오, 뛰어난 젊은이다!
실리아	내 눈이 벼락을 맞았어도 누가 넘어지리란 건 알 수
	있어. (고함 소리, 찰스가 넘어진다.)
프레더릭 공작	그만하라, 그만해.
올랜도	아뇨, 공작님께 간청컨대
	전 아직 몸도 풀지 못했어요.
프레더릭 공작	괜찮은가, 찰스?
르보	말을 못 합니다, 각하.
프레더릭 공작	그를 데려가거라.
	(터치스톤과 수행원들 찰스와 함께 퇴장)
	이름이 무엇인가, 젊은이?
올랜도	올랜도요, 각하, 롤런드 드 보이스 경의 막내아들입
	니다.
프레더릭 공작	난 네가 다른 이의 아들이었으면 좋겠다.
	세상은 네 아비를 명예롭다 여겼지만
	나는 그를 언제나 적으로 알았다.
	네가 만약 다른 가문 후손이었더라면
	나는 이번 네 행동에 더 기뻤을 것이다.
	하지만 잘 가라, 넌 씩씩한 청년이다.

195

200

205

210

215

난 네가 다른 아비 이름을 말하기 바랐다.

(공작, 르보, 귀족들 함께 퇴장)

실리아 　애, 내가 만약 아버지였더라도 이랬을까?

올랜도 　전 롤런드 경의 아들, 막내아들인 것이

더욱 자랑스럽고 프레더릭 후계자로

입양이 된대도 그 성명은 안 바꿀 겁니다.　　　　220

로절린드 　아버지는 롤런드 경을 영혼처럼 아끼셨고

세상 사람 모두도 같은 마음이었어.

이 청년이 아들인 줄 미리 알았더라면

그가 이런 모험을 하기 전에 간청에다

눈물까지 흘렸어야 하는데.

실리아 　　　　　　　　　　　로절린드,　　　　225

우리 가서 그에게 감사하고 격려하자.

아버지의 거칠고 시기하는 성품이

내 가슴을 찔렀어. ─ 저, 당신은 참 훌륭했소.

당신이 모든 예상 뛰어넘은 것처럼

사랑의 약속 또한 정확하게 지킨다면　　　　230

당신의 애인은 행복할 것이오.

로절린드 　(자신의 목걸이를 주면서) 신사여,

날 위해 걸어 줘요. ─ 운명 여신 눈 밖에 나

더 주고 싶지만 손에 쥔 게 없네요.

애, 가 볼까?

실리아 　　　　　　그래. ─ 잘 가요, 신사 양반.　　　　235

올랜도 　고맙단 말도 못 해? 내 장점은 모두 다

땅바닥에 쓰러졌고 여기에 서 있는 건

모형 과녁, 생명 없는 나무토막뿐이다.

로절린드 　그가 불러. 내 자존심, 운과 함께 무너졌어.

그가 뭘 원하는지 물어볼래. ─ 불렀어요?　　　　240

저, 당신은 씨름을 잘했고 당신의 적,
그 이상을 거꾸러뜨렸소.

실리아 　　　　　　　　　　　얘, 갈 거야?

로절린드 응, 알았어. ── 잘 있어요. (로절린드, 실리아 함께 퇴장)

올랜도 이 무슨 격정이 내 혀를 무겁게 짓누르지?
난 말도 못 거는데 그녀는 대화를 재촉했어. 　　　245

　　　　(르보 등장)

오, 불쌍한 올랜도야, 넌 거꾸러졌어!
찰스나 그보다 더 약한 게 네 주인이야.

르보 이봐요, 내 진정 우정으로 충고컨대
여기를 떠나시오. 당신은 큰 칭찬과
박수갈채 그리고 사랑을 받아 마땅하지만 　　　250
지금은 공작의 상태가 너무나 안 좋아서
당신이 한 일을 모두 다 잘못 해석합니다.
공작은 변덕이 심한데, 그의 진짜 모습은
내 말보단 상상을 해 보는 게 더 낫겠죠.

올랜도 고맙소. 그런데 이거 좀 얘기해 주시오. 　　　255
여기 이 씨름판에 나와 있던 둘 가운데
어느 쪽이 공작의 따님 되는 분이오?

르보 행실로 판단하면 두 사람 다 아니지요.
하지만 사실은 작은 분이 따님이오.
또 한 분은 추방된 공작의 따님이며 　　　260
찬탈 공작 삼촌이 딸의 동무 삼으려고
잡아 두고 있는데, 그들의 사랑은
친자매의 우애보다 더 극진하답니다.
하지만 최근 일을 말하자면 이 공작은
백성들이 질녀의 미덕을 칭찬하고 　　　265
훌륭했던 그 아버지 때문에 그녀를

25

동정한단 이유 말곤 아무런 근거 없이
친절한 그녀에게 노여움을 품었지요.
그리고 맹세코 그의 이런 악심은
갑자기 터져 나올 것입니다. 잘 가시오. 270
앞으로는 여기보다 더 나은 세상에서
당신 사랑 많이 받고 당신을 더 알고 싶소.

올랜도   큰 신세를 졌습니다. 안녕히 가십시오.   (르보 퇴장)
엎친 데서 덮칠 데로, 독재자 공작 떠나
독재자 형에게로 나는 가야 하는구나. 275
하지만 천사 같은 로절린드!   (퇴장)

1막 3장

실리아와 로절린드 등장.

실리아   아니, 얘, 로절린드! 큐피드는 자비를 베푸소서! 한
마디도 안 할 거야?

로절린드   개한테 던져 줄 말도 없어.

실리아   암, 네 말은 너무나 소중해서 개들에게 허비할 순 없 5
고 나한테 몇 마디 던져 봐. 이유 몇 개로 날 병신 만
들어 봐.

로절린드   그럼 두 사촌이 드러눕게 되겠지. 하나는 이유 있어
병신 되고 또 하나는 그게 없이도 그리되고.

실리아	하지만 이 모두가 아버지 때문이야?
로절린드	아니, 일부는 내 아이의 아버지 때문이야. 오, 이 세상은 평일에도 얼마나 가시밭길인가!
실리아	얘, 그건 오로지 너의 공휴일 바보짓에 묻어 온 가시 열매 때문이야. 인적이 드문 길을 걸으면 바로 우리 치마에도 그런 게 들러붙는단다.
로절린드	그거야 치마를 흔들어 뗄 수 있지만 이 가시 열매는 내 가슴속에 있어.
실리아	헛기침해서 뱉어 버려.
로절린드	헛기침해서 그를 가질 수 있다면 그렇게 하고 싶어.
실리아	자, 자, 너의 애정과 씨름해 봐.
로절린드	오, 그것이 나보다 더 나은 씨름꾼을 편들어.
실리아	오, 잘하길 바랄게! 넌 뒤로 자빠져도 배는 부풀 테니까. 하지만 이런 농담은 제쳐 놓고 아주 진지하게 얘기 좀 해 보자. 그렇게 갑자기 옛 롤런드 경의 막내아들에게 그토록 강한 호감을 갖게 되는 게 가능해?
로절린드	아버지 공작께서 그의 아버지를 극진히 사랑하셨어.
실리아	그렇다고 네가 그의 아들을 극도로 사랑하는 일이 잇따라야 해? 그 논리를 좇으면 난 그를 미워해야 해, 아버지가 그의 아버지를 극도로 미워하시니까. 그래도 난 올랜도를 미워하진 않아.
로절린드	그래 정말, 날 위해 그를 미워하진 마.
실리아	왜 그러지 말아야지? 그래야지 마땅한 사람 아냐?

(프레더릭 공작, 귀족들과 함께 등장.)

| 로절린드 | 그러니까 내가 그를 사랑하게 해 줘, 그리고 내가 그를 사랑하니까 너도 그리해 줘. 저 봐, 공작님께서 오셨어. |

실리아	두 눈엔 분노가 가득하셔.
프레더릭 공작	질녀는 가장 빨리 안전하게 서둘러
	이 궁정을 떠나라.
로절린드	제가요, 숙부님?
프레더릭 공작	그렇다.
	열흘 뒤에 네가 만약 짐의 관할 지역의
	이십 마일 근처라도 있다가 발각되면 40
	넌 죽는다.
로절린드	공작님께 제발 간청드리건대
	제 잘못을 인식할 수 있도록 해 주세요.
	제가 저 자신과 의사를 소통하고
	자신의 소망과 교제하는 사이라면
	꿈을 꾸고 있거나 미치지 않았다면 45
	(그렇진 않다고 믿는데) 그렇다면 숙부님,
	전 각하를 품지 않은 생각 속에서라도
	거스른 적 없습니다.
프레더릭 공작	역적들은 다 그런다.
	그들의 면죄가 말로 되는 일이라면
	그들은 은총 그 자체만큼 순수할 것이다. 50
	내가 널 믿지 않는 것으로 만족해라.
로절린드	하지만 각하의 불신으론 절 역적 못 만들죠.
	가능성이 어딨는지 말씀해 주십시오.
프레더릭 공작	너는 네 아비의 딸이다. 그걸로 충분해.
로절린드	각하께서 그분의 공국을 취했을 때에도 55
	그분을 추방했을 때에도 저는 같은 딸이었죠.
	반역은 상속되지 않습니다, 공작님.
	혹시나 친구들로부터 물려받는다 해도
	제가 무슨 상관이죠? 아버진 역적이 아닙니다.

좋으실 대로

	하오니 공작 각하, 제가 가난 때문에	60
	배신할 것이라고 오해하진 마십시오.	
실리아	군주시여, 제 말 들어 주십시오.	
프레더릭 공작	그래, 실리아, 짐은 얘를 널 위해 붙잡았다,	
	아니라면 그 아비와 떠돌았을 터인데.	
실리아	그때 전 잡아 달라 간청하지 않았어요.	65
	그건 각하 뜻이었고 동정심이었지요.	
	당시 전 너무 어려 그녀의 가치를 몰랐으나	
	이제는 압니다. 그녀가 역적이면	
	저도 역적이에요. 우린 항상 같이 잤고	
	같은 때 일어나, 배움, 놀이, 식사를 같이 했고	70
	어디를 가든지 주노의 백조처럼	
	뗄 수 없는 짝이 되어 항상 같이 갔어요.	
프레더릭 공작	네겐 얘가 너무 약고, 이 애의 부드러움,	
	침묵한단 바로 그 사실과 인내심은	
	사람들을 움직이고 그들은 이 애를 동정해.	75
	넌 바보야. 얘가 네 이름을 훔친다, 그래서	
	얘가 없어졌을 때 너는 더욱 빛나고	
	고결해 보일 거야. 그러니 입 다물어.	
	얘에게 내가 내린 판결은 확고하고	
	돌이킬 수 없느니라. 이 아이는 추방됐다.	80
실리아	그렇다면 그 판결을 제게 내려 주십시오.	
	그녀와 헤어지면 저는 살지 못합니다.	
프레더릭 공작	넌 바보다. 너 질녀는 길 떠날 채비하라.	
	네가 만약 시간을 넘기면 내 명예와	

71행 주노의 백조

백조는 원래 비너스에게 신성한 동물이었다. 하지만 엘리자베스 시대에 와서는 백조 한 쌍이
주노의 마차를 끄는 것으로 묘사되었다. (아든)

	권위 있는 내 명령에 맹세코 넌 죽는다.	85

(프레더릭 공작과 귀족들 함께 퇴장)

실리아 　오, 불쌍한 로절린드, 어디로 갈 거니?
아버지를 바꿀래? 내 아버지 네게 줄게.
당부컨대 나보다 더 슬퍼하지는 마.

로절린드 　그럴 이유 내가 더 많은데.

실리아 　　　　　　　　　　아냐, 얘.

		90

제발 기운 차려라. 공작님이 자기 딸인
나를 추방하셨는데, 모르겠어?

로절린드 　　　　　　　　　　안 하셨어.

실리아 　안 하셨어? 그럼 로절린드는 너와 내가
한 몸임을 가르치는 사랑이 부족해.
우리가 갈라져? 우리가 헤어져, 예쁜이야?

	아냐. 아버지는 딴 후계자 찾으시라고 해!	95

그러니까 어떻게 도망칠지 궁리하자,
어디로 갈 것이며 뭘 가져갈지도.
그러니 네 변화를 혼자서만 감당하며
네 비탄을 홀로 지고 나를 빼놓지는 마.

	우리의 슬픔에 창백해진 저 하늘에 맹세코	100

할 수 있는 말 좀 해 봐, 너와 함께 갈 테니까.

로절린드 　글쎄, 어디로 갈까나?

실리아 　아든 숲에 계시는 숙부님을 찾아가자.

로절린드 　아, 우린 숙녀들인데 그리 멀리 여행하면

	어떠한 위험이 우리에게 닥칠까?	105

미모는 도둑을 금보다 더 빨리 자극해.

실리아 　난 하찮고 초라한 옷을 몸에 걸치고
얼굴에는 황토칠 같은 것을 할 거야.
너도 같이 하면 돼. 그렇게 나아가면

덤비는 자 없을 거야.

로절린드 이게 낫지 않을까? 110
내 키가 보통보다 크니까 내가 모든 점에서
남자처럼 복장을 갖추면 어떨까?
허벅지엔 멋있는 단검을 하나 차고
손에는 곰 잡는 창을 들면 내 가슴에
그 어떤 여자의 공포심이 숨어 있건 115
우리는 허세 꽉 찬 무사의 모습을 띨 거야,
겉모습만으로 태연하게 헤치고 나가는
다른 많은 겁쟁이 남자처럼 말이야.

실리아 남자가 된 너를 뭐라고 불러야지?

로절린드 조브의 시동보다 더 못한 이름은 안 가질래. 120
그러니까 가니메데, 그렇게 불러 줘.
그런데 넌 뭐라 부르지?

실리아 내 처지를 지칭하는 무엇이면 좋겠는데,
더 이상 실리아는 아니고 실향녀야.

로절린드 그런데 얘, 우리가 네 아버지 궁정에서 125
광대 같은 바보를 훔쳐 내면 어떨까?
그가 우리 여행에 위안이 되지는 않을까?

실리아 그는 이 넓은 세상 곳곳을 나와 함께 갈 거야.
설득은 나에게 맡겨 줘. 자, 가자,
그리고 우리의 보석과 재물을 모으고 130
나의 도주 뒤에 있을 추적에 대비하여

121행 가니메데
로절린드는 전원시의 전통에 따라 이
이름을 선택했다. 가니메데는 원래
트로이의 아름다운 목동이었는데 조브가
독수리의 모습으로 변신한 채 낚아채어
올림포스로 데려가 자신의 술 시중을 들게

했다. (아든)
124행 실향녀
집 잃은 또는 고향 잃은 여자란 뜻으로
원문(Aliena)의 의미를 최대한 반영한
번역.

31

우리 몸을 숨기기 가장 좋은 시간과 방법을
같이 궁리해 보자. 이제 우린 만족 속에
추방이 아니라 자유의 길 나선단다.　　(함께 퇴장)

2막 1장

원로 공작, 에이미언스,
산지기 차림의 귀족들 두세 명 등장.

원로 공작　　자 이제 나의 동료, 유배의 벗들이여,
　　　　　　예부터 내려온 이 생활이 채색한 허영보다
　　　　　　달콤하지 않은가? 이 숲속의 위험이
　　　　　　시샘하는 궁정보다 덜하지 않은가?
　　　　　　여기에서 우리는 아담의 형벌을,　　　　　　　　　　5
　　　　　　계절의 변화를 못 느끼네. ─ 찬 겨울바람의
　　　　　　얼음 같은 독니와 무뚝뚝한 꾸짖음이
　　　　　　내 몸을 때리고 깨물어 움츠러들 때조차
　　　　　　난 웃으며 '이것은 아첨이 아니야. 이것들은
　　　　　　내가 무엇인지를 느낌으로 설득하는　　　　　　　　10
　　　　　　조언자들이야.' 이렇게 말한다네.
　　　　　　역경의 쓸모는 기쁨을 주는 데 있는데
　　　　　　그 모습은 못생긴 독 두꺼비 같지만
　　　　　　그 머리엔 귀중한 보석이 박혔듯이

5행 아담의 형벌
창세기 3장 19절에 의하면 애덤의 형벌은
노동인 반면에 공작은 그것을 계절의
변화라고 주장한다. (아든)

2막 1장 장소
아든 숲속.

좋으실 대로

우리의 이 생활도 번잡한 대중을 벗어나   15
나무에선 얘기를, 냇물에선 서책을
돌에선 설교를, 만물에선 선을 찾아낸다네.
에이미언스   전 이걸 아니 바꾸렵니다. 고집 센 운명을
이렇게 조용하고 아름다운 문체로
옮길 수 있으신 공작님은 행복하십니다.   20
원로 공작   자, 우리 가서 짐승이나 몇 마리 잡아 볼까?
하지만 이 인적 없는 도시의 원주민인
불쌍한 점박이 바보들이 자기네 땅에서
갈라진 살촉에 둥그런 엉덩이가
뚫려야 하는 건 가슴 아파.
귀족 1   정말 그렇습니다.   25
우울한 자크가 그 일로 슬퍼하며
그 점에선 당신의 찬탈이 당신을 추방한
아우보다 심하다고 단언했답니다.
오늘 낮에 에이미언스 경과 저 자신이
이 숲속을 요란하게 흘러가는 냇가로   30
늙은 뿌리 뻗고 있는 참나무 아래 누운
그 사람의 등 뒤로 살그머니 다가갔었는데
그곳으로 사냥꾼의 화살에 상처 입고
딱하게도 고립된 수사슴 한 마리가
주저앉아 죽으려 왔어요. 근데 정말, 공작님,   35
그 비참한 동물이 내뱉는 신음이
너무나 컸던지라 거의 터질 지경으로
가죽옷이 늘어났고 크고 둥근 눈물은
순진한 코를 타고 가엾게 줄을 지어
연달아 흘렀지요. 그 바보 털북숭이 이렇게   40
우울한 자크로부터 크게 주목받으면서

빠른 시내 맨 가장자리에 눈물로 물 불리며
서 있었답니다.

원로 공작   근데 자크는 뭐랬는가?
이 광경을 두고서 설교 한 번 없었던가?

귀족 1   있었지요, 천 가지 비유를 들면서요.   45
우선, 강물에 불필요한 눈물을 뿌린 데는
'불쌍한 사슴아, 넌 넘치게 소유한 자에게
네 재산을 다 주면서 세상 사람들처럼
유언을 하는구나.' 그랬고, 벨벳 친구로부터
버림받고 그곳에 홀로 남은 데에는   50
'그래 맞아, 불행은 줄줄이 친구들을
떠나게 만들지.' 그랬죠. 곧바로 무심한
한 떼의 동물이 들판 가득 뛰어가며
멈춰 서서 인사도 안 했는데 자크는
'그래, 번지르르 살 오른 주민들은 지나가라.   55
그게 바로 유행이야. 저 불쌍한 파산자를
뭣 때문에 쳐다봐 주겠어?'라고 했죠.
이런 식의 지독한 독설로 그는 이 나라와
도시와 궁정과, 예, 우리의 이 생활까지
깊숙이 꿰뚫었답니다. 동물들을 그들이   60
배정받아 태어난 삶터에서 겁주고
다 잡아 죽이는 우리는 찬탈자, 독재자,
그리고 더 나쁜 자들일 뿐이라고 단언했죠.

원로 공작   이렇게 상념에 빠진 그를 놔두고 왔는가?

귀족 2   네, 흐느끼는 사슴 두고 울면서 촌평하는   65
그를 두고 왔습니다.

원로 공작   거기로 안내하라.
무뚝뚝한 성질 낼 때 만나 보고 싶구면,

그럴 땐 속이 꽉 찼으니까.

귀족 1   곧바로 모셔다 드리지요.   (함께 퇴장)

2막 2장

프레더릭 공작, 귀족들과 함께 등장.

프레더릭 공작   아무도 그들을 못 볼 수가 있느냐?
              불가능해! 궁정 안에 악당들이 있어서
              이 일에 동조하고 묵인해 주었어.

귀족 1   그녀를 정말로 본 사람은 없다고 합니다.
              침실에서 시중드는 시녀들은 아가씨가   5
              침대에 드시는 건 보았으나 아침 일찍
              그 침대가 빈 것을 알았다고 합니다.

귀족 2   공작님이 보시고 정말 자주 웃으셨던
              조잡한 광대 또한 사라지고 없습니다.
              공주님의 시녀인 히스페리아가 고백하길   10
              따님과 따님의 사촌이 강건한 찰스를
              아주 최근 확실히 넘어뜨린 씨름꾼의
              자질과 업적을 극구 칭찬하는 걸
              은밀히 엿들었다는데, 그녀가 믿기로는
              그들이 어디로 갔던지 그곳에는 분명히   15
              그 청년도 함께 있을 거라고 합니다.

프레더릭 공작   그 형에게 사람 보내 그 한량을 불러와라.
              만약 그가 없으면 형을 내게 데려오고.

2막 2장 장소
공작의 궁정.

그를 시켜 찾도록 하겠다. 긴급히 처리해!
그리고 이 바보 같은 도망자들 데려오는   20
추적과 조사에 느슨함이 없도록 해.   (함께 퇴장)

2막 3장

올랜도와 애덤 만나며 등장.

올랜도 누구냐?
애덤   아니, 젊은 주인님? 오, 부드러운 주인님,
오, 친절하신 주인님, 오, 롤런드 옛 어른을
기억나게 하시는 분! 허, 왜 여기 계십니까?
왜 덕이 많습니까? 왜 사랑을 받습니까?   5
뭣 때문에 부드럽고 강하고 용감하십니까?
왜 그리도 어리석게 변덕스러운 공작의
기운찬 우승자를 쓰러뜨리셨습니까?
칭찬이 당신 앞서 너무 빨리 집으로 왔답니다.
주인님, 어떤 유의 사람들에게는 미덕이   10
그들의 적이 될 뿐임을 모르세요?
당신도 마찬가지. 당신의 미덕은 주인님,
당신에겐 신성하고 거룩한 역적이랍니다.
오, 이 무슨 세상이야, 멋있는 것들이
그걸 가진 사람에게 독기를 내뿜다니!   15
올랜도 아니, 어찌 된 일이냐?
애덤   오, 불행한 청년이여,

2막 3장 장소
올리버의 과수원.

이 문 안에 들지 마요! 이 지붕 아래에는
온갖 당신 미덕의 적이 살고 있답니다.
당신 형이 — 아뇨, 형이 아닌, 그래도 아들인 —
하지만 아들 아닌, 전 그를 그 부친의 아들로   20
막 그렇게 부르려고 했는데 안 부를 겁니다. —
당신 칭찬 듣고선 당신이 늘 자던 숙소를
오늘 밤 태워 버릴 작정이오, 당신을
넣어 둔 채 말입니다. 혹시 그게 실패해도
그는 다른 수단으로 당신을 잘라 낼 것이오.   25
그의 말과 계책을 제가 엿들었답니다.
이곳은 아닙니다. 이 집은 도살장일 뿐이니
증오하고 겁내고 들어가지 마십시오!

올랜도   허 참, 애덤, 나더러 어딜 가란 말인가?

애덤   여기만 아니라면 어디든 상관없죠.   30

올랜도   아니, 나더러 나가서 밥을 구걸하라고?
아니면 천하고 시끄럽게 칼 휘둘러
큰길에서 억지로 도적 생활 하라고?
그렇게 해야겠지, 아니면 뭘 할지 모르겠어.
그래도 뭘 하든지 그렇게는 안 할 거야.   35
난 차라리 비뚤어진 혈연과 피에 주린
이 형의 적의에 굴복하고 말겠어.

애덤   그러지 마십시오. 제게 금화 오백이 있는데
늙은 사지 구부러져 하인 일도 못 하고
나이 들어 천대받고 구석으로 몰렸을 때   40
노후 자금 하려고 당신 부친 밑에서
근검으로 절약하며 모아 둔 급롭니다.
받으세요, 그리고 까마귀를 먹이고, 예,
섭리 따라 참새를 키우시는 그분께서

제 노년을 살피소서. 이게 그 금화이고　　　45
　　　모두 다 드립니다. 저를 하인 삼으십쇼.
　　　제가 늙어 보이지만 아직은 세고 기운찹니다.
　　　젊은 시절 독하고 화 돋우는 술 같은 건
　　　절대로 피 속에 들여놓지 않았고
　　　또 뻔뻔한 낯빛으로 허약함과 쇠약함을　　　50
　　　일부러 불러오는 짓들도 안 했기 때문이죠.
　　　그러므로 제 노년은 활기찬 겨울처럼
　　　차갑지만 제격이죠. 함께 가게 해 주세요.
　　　당신의 모든 일과 필요에 따라서
　　　젊은이의 봉사를 해 드릴 것입니다.　　　55

올랜도　오, 착한 노인, 당신에겐 하인들이 보수 아닌
　　　존중을 받으려고 땀 흘렸던 그 옛날의
　　　충실한 봉사심이 정말로 잘 드러나.
　　　당신은 이 시대의 유행과 맞지 않아.
　　　지금은 모두들 승진만 바라고 땀 흘리며　　　60
　　　그것을 이루면 곧바로 이룬 것을 가지고
　　　봉사심을 꽉 틀어막는데 당신은 안 그래.
　　　하지만 딱한 노인, 당신은 당신의 뭇 노고와
　　　절약에 답하여 한 송이 꽃도 못 피우는
　　　다 썩은 나무를 돌보려 하고 있어.　　　65
　　　하지만 이리 와, 우린 같이 갈 것이고
　　　당신의 젊은 시절 노임을 다 쓰기 이전에
　　　소박하고 안정된 만족은 얻게 될 테니까.

애덤　주인님, 가시죠, 그러면 숨넘어갈 순간까지
　　　진실성과 충성으로 그대를 따를게요.　　　70

43~44행　까마귀 ... 참새
각각 누가복음 12장 24절, 마태복음 10장 29절 참조. 그분은 물론 하느님이다.

좋으실 대로

전 열일곱 살 때부터 이제 거의 여든까지
여기서 살았지만 이제 더는 여기에 안 살아요.
열일곱엔 많은 이가 행운 찾아 나서지만
여든이면 시간이 너무 늦은 셈이지요.
하지만 잘 죽어 주인님께 빚 안 지는 것보다   75
더 나은 운명의 보상은 저에게 없답니다. (함께 퇴장)

2막 4장

가니메데로 바뀐 로절린드, 실향녀로 바뀐 실리아,

그리고 터치스톤 등장.

로절린드　　　오, 주피터, 어쩜 이리도 지친 기분이지!

터치스톤　　　저는 다리만 지치지 않았다면 기분 따윈 상관 않는
　　　　　　　데요.

로절린드　　　난 마음속으로는 이 남자 복장을 욕보이면서 여자
　　　　　　　처럼 울고 싶은 생각이 있어. 하지만 약한 그릇인 여   5
　　　　　　　자를 위안해 줘야 해, 바지와 저고리가 치마에게 용
　　　　　　　감한 모습을 보여 줘야 하듯이. 그러니까 용기를 내,
　　　　　　　착한 실향녀야.

실리아　　　　제발 날 좀 봐줘, 더 이상은 못 가겠어.

터치스톤　　　저로서는 아가씨를 봐주는 것보다는 돌보는 게 낫   10
　　　　　　　겠어요. 하긴 아가씨를 돌본다 해도 생기는 건 없겠
　　　　　　　지요, 아가씨 지갑 속엔 돈이 없는 것 같으니까요.

2막 4장 장소
아든 숲속.
1행 오, 주피터
주피터(조브)의 시동인 가니메데에게

어울리는 감탄사. (아든)
5행 약한 그릇
베드로전서 3장 7절에서 베드로가 여자를
지칭하는 말.

로절린드	글쎄, 이게 아든 숲이구나.
터치스톤	예, 이제 아든까지 왔으니까 제가 더욱 아둔하죠!
	집에 있었을 때가 더 나은 곳에 있었는데, 하지만 15
	나그네는 만족해야죠.
	(코린과 실비우스 등장.)
로절린드	암, 그래야지, 착한 터치스톤. 저 봐, 누가 오지?
	젊은이와 늙은이가 엄숙하게 대화하네.
코린	그럭하면 그녀는 자넬 항상 경멸해.
실비우스	오, 코린, 그녀 향한 제 사랑이 어떤지 아셨으면! 20
코린	일부는 짐작해, 나도 전에 사랑해 봤으니까.
실비우스	아뇨, 아저씬 늙어서 짐작도 못 하세요.
	젊었을 땐 한밤중 베개 위에 한숨 쉬는
	그 어느 참사랑의 연인과 같으셨겠지만.
	하지만 그 사랑이 제 것과 같았다면 — 25
	저처럼 사랑한 사람은 절대 없다 확신치만 —
	아저씨는 환상에 이끌려 얼마나 여러 번
	가장 우스꽝스러운 행동을 하셨어요?
코린	다 잊어버렸지만 수천 번 했었지.
실비우스	오, 그렇다면 진심으로 사랑한 적 없군요. 30
	사랑이 시켜서 하게 된 바보짓을
	티끌만 한 것이라도 기억하지 못한다면
	사랑한 게 아닙니다.
	또, 지금의 저처럼 듣는 사람 지겹도록
	애인 칭찬하면서 앉아 있지 않았다면 35
	사랑한 게 아닙니다.
	또, 지금 제가 하듯이 갑자기 흥분하여
	동행을 버리고 달아나지 않았다면
	사랑한 게 아닙니다.

	오, 피비, 피비, 피비!	(퇴장) 40
로절린드	아, 불쌍한 양치기여, 네 상처를 살피다가	
	운 나쁘게 내 것을 찾아내고 말았네.	
터치스톤	제 것도요. 제가 사랑에 빠졌을 땐 돌에다 칼을 내	
	리쳐 망가뜨린 다음 그것에게 밤중에 제인 스마일	
	양을 찾아온 대가라고 한 기억이 나네요. 또 그녀의	45
	빨랫방망이에 입 맞춘 일과 그녀가 예쁜 터진 손으	
	로 우유 짰던 암소 젖꼭지도 기억나요. 또 그녀 대신	
	완두콩 꼬투리에게 구애한 일도 기억나고요. 거기	
	에서 알 두 개를 꺼낸 다음 되돌려 주면서 '날 위해	
	달아 줘요.'라고 눈물을 흘리며 말했죠. 우리 참사	50
	랑의 연인들은 엉뚱한 짓을 하게 되죠. 하지만 모두	
	가 저절로 죽듯이 사랑하면 모두가 저절로 바보짓	
	을 죽도록 하지요.	
로절린드	넌 네가 의식하는 것보다 더 현명하게 말해.	
터치스톤	예, 저는 제 기지를 절대 의식하지 않을 겁니다,	55
	정강이가 거기에 부딪혀 깨진다면 모를까.	
로절린드	아, 어쩌나! 이 목동의 연정은	
	그 방식이 내 것과 꼭 닮았어!	
터치스톤	제 것과도요. 하지만 제 건 좀 한물갔는데요.	
실리아	제발 누가 저 건너 사람에게 물어봐,	60
	돈 받고 우리에게 음식 줄 수 있는지.	
	어지러워 죽겠어.	
터치스톤	이봐라, 촌뜨기!	
로절린드	조용해 바보야, 네 친척이 아니다.	
코린	뉘시오?	65
터치스톤	윗사람들이지.	
코린	안 그랬으면 아주 비참할 뻔했군요.	

로절린드	조용하라니까. 좋은 오후 맞으시오.
코린	당신도 그러시오, 여러분 모두 다.
로절린드	양치기여, 간청컨대 사랑이나 금으로

로절린드　양치기여, 간청컨대 사랑이나 금으로　　70
인적 없는 이곳에서 환대를 얻을 수 있다면
쉬면서 먹을 수 있는 곳에 데려다 주시오.
이 어린 아가씨가 대책 없이 여독에 짓눌려
기절할 지경이오.

코린　　　　　　　　신사여, 그녀를 동정하오.
그리고 나보다는 그녀를 위하여　　75
구제해 줄 재력이 더 있으면 좋겠소.
하지만 난 남에게 고용된 양치기로
내가 풀을 먹이는 양의 털을 깎지는 못하오.
내 주인은 구두쇠 심보의 사람이라
손님을 환대하는 행동을 함으로써　　80
천당 길을 찾는 일은 거의 신경 안 씁니다.
게다가 이제는 자기 집과 양 떼와 풀밭을
팔려고 내놓았고 우리의 양치기 움막엔
그가 없기 때문에 당신들이 먹을 게
하나도 없답니다. 하지만 있는 건 와서 봐요,　　85
당신들을 능력껏 최고 환영할 것이오.

로절린드　그 양 떼와 목장을 사려는 게 누굽니까?

코린　조금 전에 당신이 보았던 젊은인데
무엇이든 살 생각은 거의 없는 사람이오.

로절린드　청컨대 당신이 그 오두막과 목장과　　90
양 떼를 사시오. 그게 만약 정직한 일이면
당신이 치를 값을 우리가 주겠소.

실리아　우리가 임금도 올리지요. 난 이곳이 좋아서
여기에서 시간을 기꺼이 보내겠소.

좋으실 대로

코린　이 물건은 분명히 팔려고 내놨어요.　　　　　　　95

　　　　나와 함께 가시죠. 얘기를 들어 보고

　　　　이 땅과 수익과 이런 유의 생활이 좋다면

　　　　이 몸은 당신들의 충실한 목자가 될 것이며

　　　　당신들의 금으로 이걸 바로 사 드리죠. (함께 퇴장)

2막 5장

에이미언스, 자크,

산지기 차림의 다른 귀족들 등장.

에이미언스　(노래한다.)

　　　　　　　푸른 나무 그늘 아래

　　　　　　　　　나와 함께 누워서

　　　　　　　고운 새 소리 따라

　　　　　　　　　유쾌한 노래 부를 사람은

　　　　　　　이리 오라, 이리 오라, 이리 오라!　　　5

모두　(노래한다.)　　　여기 오면 적은 없고 보이는 건

　　　　　　　겨울과 거친 기후뿐이리.

자크　더, 더, 제발 더 불러.

에이미언스　그럼 더 우울해질 텐데요, 자크 씨.

자크　그러면 고맙지. 더, 제발 더 불러. 난 족제비가 알을　10

　　　　빨아먹듯이 노래에서 우울을 빨아들일 수 있다네.

　　　　더, 제발 더 부르게!

에이미언스　목소리가 갈라져서 기분 좋게 해 드릴 수 없을 줄로

2막 5장 장소

아든 숲속.

압니다만.

자크 기분 좋게 해 달라는 게 아냐, 노래를 불러 달라는 15
거지. 자, 한 스탠자 더 — 그걸 스탠자라고 하는가?

에이미언스 당신 마음대로요, 자크 씨.

자크 그럼, 이름은 상관없어, 그것이 나한테 빚진 것도
없는데. 부를 거야?

에이미언스 제 기쁨보다는 당신이 요청을 하시니까. 20

자크 그럼 내가 언젠가 누구에게 고마워한다면 자네에게
고마워할 걸세. 하지만 이른바 예의라는 건 개코원
숭이 두 마리의 조우와 같다네. 그래서 난 누가 내
게 진심으로 고마워하면, 내가 그에게 돈 한 푼을
줬는데 그가 거지처럼 마구 고마워한다고 봐. 자, 25
불러. — 안 부를 사람들은 입 다물고.

에이미언스 그럼 제 노래를 끝내지요. 여러분은 그동안 상을
차리시죠. 공작님이 이 나무 밑에서 마실 것입니다.
그분은 온종일 당신을 찾으셨어요.

자크 난 온종일 그를 피하고 있었는데. 그는 내가 함께하 30
기에는 너무 따지기를 좋아해. 나도 그 사람만큼 많
은 일을 생각하지만 하늘에게 감사를 돌리고 그걸
자랑하진 않아. 자, 지저귀게, 어서.

에이미언스 (노래한다.)

　　야심을 멀리 떠나
　　　햇볕 속에 살고 싶고 35
　　먹을 음식 찾으면서

16행 스탠자
일정한 운율적 구성을 갖는 시의 기초
단위. 4행 이상의 각운이 있는 시구를
이른다.

22~23행 개코원숭이
서로를 흉내 내는 비비 또는 수컷 원숭이.
(아든)

얻는 것에 기뻐할 사람은

이리 오라, 이리 오라, 이리 오라.

모두 (노래한다.) 여기 오면 적은 없고 보이는 건

겨울과 거친 기후뿐이리. 40

자크 이 곡조에 붙일 가사를 하나 주겠네. 부족한 내

상상력에도 불구하고 어제 만든 거라네.

에이미언스 그걸 노래할게요.

자크 이렇게 지었다네. (종이를 준다.)

에이미언스 (노래한다.)

어느 누가 나귀 되어 45

재산 안락 다 버리고

제 고집만 내세우는

일이 벌어진다면

오라카이, 오라카이, 오라카이.

모두 (노래한다.) 자기 같은 통 바보를 여기에서 50

내게 오면 볼 테니까.

에이미언스 그 '오라카이'란 건 뭐지요?

자크 그건 바보들을 둥글게 세우는 그리스어 주문일세.

난 가서 잠이 오면 자고, 안 오면 이집트의 모든 맏

이를 욕할 거야. 55

에이미언스 전 공작님을 찾으러 갈게요, 그분의 향연이 준비됐

으니까. (함께 퇴장)

49행 오라카이
자크가 그리스어 주문이라고 부른
헛말이지만 억지로 뜻을 찾자면 '이리
오라.'는 말의 사투리식 변형쯤이 될
것이다.

54~55행 이집트 ... 거야
출애굽기 11장 5절에 나오는 '애굽 가운데
처음 난 것'에 내린 재앙을 연상시키는 말.
집시들에 대한 언급일 수도 있다. (아든)

45

2막 6장

올랜도와 애덤 등장.

애덤   주인님, 저는 더 못 갑니다. 아, 배고파 죽겠어요. 전
      여기 누워서 묏자리나 보렵니다. 안녕히 가십시오,
      주인님.

올랜도   아니 애덤, 어쩌려고? 용기가 이뿐이란 말인가? 좀
      더 살고 좀 더 위안 찾고 좀 더 기운을 내. 만약 이 거친   5
      숲속에 야생의 뭐가 산다면 내가 그 밥이 되든지 아
      니면 그걸 먹으라고 가져올 테니까. 당신은 힘이 없
      기보다는 상상 속의 죽음에 더 가까워. 날 위해 기
      운을 차리고 잠시만 죽음을 팔 끝에서 막아 봐. 난
      곧바로 여기 당신에게 올 텐데 만약에 먹을 걸 못   10
      가져온다면 죽는 걸 허락하지. 하지만 내가 오기 전
      에 죽는다면 당신은 나의 노고를 조롱하는 셈이야.
      잘했어, 기운차 보이네, 그래서 난 빨리 올 거야. 그
      런데 당신은 바람받이에 누웠어. 자, 피신처로 데려
      갈게, 그리고 이 사막에 살아 있는 게 있다면 당신이   15
      식사를 못 해서 죽게 하진 않을 거야. 기운 내, 착한
      애덤.   (함께 퇴장)

2막 6장 장소
아든 숲속.

2막 7장

원로 공작, 에이미언스, 무법자 차림의 귀족들 등장.

원로 공작	어디서도 사람으론 그를 찾지 못하니까
	짐승으로 변신했단 생각이 드는군.
귀족 1	공작님, 바로 지금 그가 여길 떴답니다.
	여기에서 노래 듣고 즐거워했었지요.
원로 공작	불화로 꽉 찬 그가 음악을 좋아하면
	천체들은 머지않아 불협화음 낼 걸세.
	찾아보게, 내가 좀 얘기하고 싶다고 전하게.
귀족 1	스스로 다가와 제 수고를 덜어 주었습니다.

(자크 등장.)

원로 공작	아니 이 사람아, 사는 게 이게 뭔가,
	불쌍한 친구들이 벗해 달라 애원해야겠어?
	뭐야, 유쾌해 보이잖아?
자크	바보, 바보! 숲속에서 바보 하나 만났는데
	색동옷 바보라네. — 비참한 세상이야!
	분명히 말하는데 바보 하나 만났어.
	그는 길게 누워서 햇볕 쬐고 있었으며
	좋은 말, 좋고도 바른 말로 운명의 여신을
	욕하고 있었지만 그래도 색동옷 바보였어.
	'바보, 안녕.' 그랬더니, '아뇨, 하늘이 저에게

5

10

15

2막 7장 장소
아든 숲속.
6행 천체들은
프톨레마이오스의 우주에서는 하늘에서
원을 그리는 천체들이 음악을 만들어
내는데 그것은 지상의 화음을 위해

필요하다고 믿었다. (아든)
13행 비참한 세상이야
3막 2장 267~268행에서 자크가
올랜도에게 말하는 세상. 자크는 바보를
비웃고 있는 중에 마침맞게 자신의 우울한
풍자가 역을 기억해 낸다. (아든)

행운을 줄 때까진 바보라 마십쇼.' 그랬어.

그러고는 자루에서 해시계를 꺼내어 20

생기 없는 눈으로 들여다보고는

대단히 현명하게, '10시가 됐구먼.

세상의 흐름은 이렇게 알 수 있단 말이야.

9시가 된 뒤로 한 시간일 뿐인데

한 시간 더 있으면 11시가 될 것이고 25

시간이 지날수록 우리는 익고 또 익으며

시간이 지날수록 썩고 또 썩게 되지.

그러곤 끝을 맺지.' 그랬어. 색동옷 바보가

시간의 교훈을 설하는 걸 들었을 때

난 바보가 이리 깊은 명상을 하는 것에 30

가슴 치며 수탉처럼 기뻐하기 시작했지.

난 그의 시계로 한 시간 동안이나

무중단 상태로 웃었어. 오, 고상한 바보여!

훌륭한 바보여! 입을 건 색동옷뿐이로다!

원로 공작 그 바보가 누군데? 35

자크 오, 훌륭한 바보여! ─ 궁정인 신분인데

젊고 고운 아가씨들이라면 그 사실을 알아낼

재주가 있다 했어. 또 여행 때 먹다 남은

과자처럼 바싹 마른 자신의 머릿속

이상한 곳곳에 자기가 보고 들은 사실을 40

쑤셔 넣어 뒀다가 부스러진 형태로

표출하기도 했어. 오, 나도 바보였으면!

색동 외투 한 벌이 내 야망이라네.

원로 공작 내가 하나 주겠네.

자크   유일한 내 청일세,

단, 자네의 뛰어난 식견 속엔 내가 현명하다는 45

좋으실 대로

48

견해가 무성한데 그것을 모조리 솎아 내어
버린다면 말일세. 바람처럼 폭넓은 특권에다
누구를 흔들든 내 맘대로 할 수 있는
자유까지 가져야 되겠어, 바보도 가지니까.
내 바보짓으로 가장 쓰린 자들이   50
가장 많이 웃어야 해. 아, 왜 그래야 하냐고?
그 이유야 교구 교회 길만큼 알기 쉽지.
바보가 대단히 현명하게 때린 자는
아프긴 하지만 한 방도 안 맞은 것처럼
행동하지 않는다면 참 바보지. 안 그러면   55
그 현자의 바보짓은 바보가 내뱉는
마구잡이 조롱으로 파헤쳐질 테니까.
색동옷을 입혀 주게. 내 마음을 말하게끔
허락해 주게나. 그럼 난 이 오염된 세상에서
더러움을 철저히, 철저히 씻어 낼 것이네,   60
사람들이 내 약을 참고 먹어 준다면.

원로 공작	에끼, 이 사람! 자네가 뭘 할지 말해 주지.
자크	한 푼 걸고, 좋은 일 아니면 뭘 하겠나?
원로 공작	죄를 꾸짖으면서 최악의 더러운 죄 짓겠지.
	왜냐하면 자네는 자신이 난봉꾼이었고 65
	짐승의 욕구 그 자체처럼 색을 탐했었기에
	방종의 자유로운 걸음으로 옮아온
	부푼 물집, 고름 꽉 찬 종기의 내용물을
	이 세상 전체에 다 쏟아 낼 테니까.
자크	아니, 교만을 성토하는 사람이 어떻게 70
	어느 한 개인을 나무랄 수 있겠나?

70행 교만을 성토하는
교만을 격렬하게 질책하는 일은 그 당시 교회와 정부의 오락이었다. (아든)

교만은 수단 그 자체가 줄어들 때까지
바다처럼 거대하게 흘러가고 있잖은가?
내가 도시 여자가 군주들의 장신구를
가치 없는 그 어깨에 걸쳤다고 말할 때   75
그 도시의 어느 여자 이름을 부르는가?
누가 와서 그것이 자기라고 할 수 있나,
자기와 꼭 같은 여자가 이웃집 여자인데?
아니면, 가장 천한 직종의 어느 누가
자기의 멋진 옷 값 내가 낸 게 아니다 —   80
내가 그를 지목했다 생각하고 — 그렇게 말해서
자신의 바보짓을 내 말뜻에 맞추겠나?
그렇지. — 그래서? 어쨌냐고? 내 말이 그자를
어떻게 해쳤는지 보자고. 그것이 옳다면
그는 자길 해친 거지. 그가 만약 결백하면   85
그럼 내 꾸지람은 누구도 잡지 못한
야생의 거위처럼 날아가네. 근데 이 누구야?

        (올랜도 등장.)

올랜도   삼가고 더 이상 먹지 마라!
자크   아니, 난 전혀 못 먹었는데.
올랜도   그리고 급한 불 끌 때까진 못 먹는다.   90
자크   이건 대체 어떻게 생겨난 수탉이지?
원로 공작   자네는 곤경으로 이리 용감해졌나?
아니면 공손한 기색이 전혀 없어 보이니
예의를 경멸하는 거친 무뢰한인가?
올랜도   첫째가 정곡을 찔렀소. 곤경이 숨김없이   95
뾰족한 칼끝을 내밀어 부드러운 예의를
차리지 못했소. 그래도 난 궁정에서 자랐고
교육도 좀 받았소. 하지만 삼가란 말이오!

	나와 내 문제가 해결되기 이전에	
	이 과일에 손대는 사람은 죽습니다.	100
자크	당신이 과실로 만족 못 한다면 난 죽어야 하는군.	
원로 공작	무엇을 원하는가? 자네가 친절하면	
	친절을 강요하는 것보다 더 힘이 있네.	
올랜도	굶어 죽을 지경이오. — 먹게 해 주시오.	
원로 공작	앉아서 들게나. 식탁으로 어서 오게.	105
올랜도	그렇게 친절한 말씀을? 제발 용서하십시오.	
	여기 있는 모든 것은 사납다 생각하여	
	가혹하게 명령하는 제 얼굴 표정을	
	짓게 되었습니다. 하지만 사람의 접근이	
	불가능한 이 사막의 짙은 나무 그늘에서	110
	기어가는 시간을 잃고도 상관 않는 당신들이	
	그 누구이든지 — 만약에 당신들이	
	보다 나은 시절을 본 적이 있다면	
	교회 오란 종소리를 들은 적이 있다면	
	착한 사람 잔치에 가 본 적이 있다면	115
	눈물 젖은 눈시울을 훔친 적이 있다면	
	그래서 동정을 하고 또 받을 줄 안다면 —	
	제 친절이 커다란 구속력을 갖게 해 주시고	
	그러길 바라며 부끄럽게 이 칼을 감춥니다.	
원로 공작	우린 정말 보다 나은 시절을 보았으며	120
	신성한 종소리와 더불어 교회로 갔었고	
	착한 사람 잔치에 가 봤으며, 성스러운	
	동정에서 우러난 눈물을 훔쳤다네.	
	그러니 자네는 편안한 마음으로 앉아서	
	부족함을 해소해 줄 도움은 뭐든지	125
	우리에게 요구하여 받도록 하게나.	

올랜도	그러면 잠시만 식사를 자제해 주신다면
	그동안 전 암사슴처럼 제 새끼를 찾아서
	먹이 주겠습니다. 불쌍한 노인이 있는데
	순수한 사랑으로 많이 절뚝대면서 130
	절 따라왔답니다. 힘 빼 놓는 나이와 배고픔,
	두 고통에 눌린 그가 먼저 만족하기 전엔
	전 조금도 손대지 않습니다.
원로 공작	그를 찾게,
	자네가 올 때까진 아무것도 삼키지 않겠네.
올랜도	고맙고 큰 위안 주신 것도 복받으십시오. (퇴장) 135
원로 공작	보다시피 우리만 불행한 건 아닐세.
	모든 것을 포함하는 이 넓은 극장에는
	우리가 연기하는 장면보다 더 비참한
	야외극이 있다네.
자크	온 세상이 무대이지,
	모든 남자 여자는 배우일 뿐이고. 140
	그들에겐 각자의 등장과 퇴장이 있으며
	한 사람은 일생 동안 많은 역을 하는데
	나이 따라 칠 막을 연기하네. 첫째는 갓난앤데
	유모 팔에 안겨서 앵앵대고 토해 대지.
	다음은 불평하는 학생 앤데 가방 지고 145
	아침 얼굴 반짝이며 마지못해 학교로
	달팽이처럼 기어가. 그다음은 연인인데
	애인의 눈썹을 기리는 구슬픈 노래로
	아궁처럼 한숨 쉬지. 다음은 군인인데
	별난 맹세 가득하며 표범 수염 턱에 달고 150
	명성을 시기하며 싸움엔 성급하고
	대포 구멍 앞에서조차도 거품 같은

좋으실 대로

명성을 추구하지. 그다음은 판사인데
살찐 닭을 받아 잡순 넉넉하고 둥근 배에
두 눈은 엄격하며 균형 잡힌 턱수염에   155
좋은 말씀, 낡은 사례, 충분히 가지고
자기 역을 하고 있지. 여섯 번째 나이는
깡마르고 덧신 신은 할아범 바보인데
코에는 안경 걸고 옆구리엔 지갑 차고
줄어든 정강이엔 잘 간수한 젊은 시절 바지가   160
세상처럼 널찍하고, 우람했던 목소리는
어린이의 고음으로 되돌아와 말소리가
날카롭고 쌕쌕거려. 이상하고 사건 많은
이 사극을 끝내는 마지막 장면은
다시 온 유아기와 완전한 망각으로   165
무 치아, 무 안구, 무 미각의 전무라네.
          (올랜도 애덤과 함께 등장.)

원로 공작   어서 오게. 존경스러운 그 짐을 내린 다음
          먹도록 해 주게.

올랜도   그 대신 참 고맙습니다.

애덤   그러셔야겠어요,
          저 자신은 고맙다는 말도 못 할 처지라서.   170

원로 공작   환영하네, 들게나. 아직은 자네들의
          운세를 캐물으며 괴롭히진 않겠네.
          음악 좀 부탁하고, 조카는 노래하게.

에이미언스   (노래한다.)
              불어라, 겨울바람 불어라,
              넌 인간의 배은망덕만큼   175
                 불친절하지 않아.
              네 숨결은 거칠어도

모습은 보이지 않기에
네 이빨은 훨씬 무뎌.
얼씨구나 노래하자, 저 푸른 감탕나무.   180
우정 거의 가짜고 사랑 거의 순 바보짓.
그러니까 얼씨구나 감탕나무.
이 생활은 참으로 흥겹구나.

얼어라, 매운 하늘 얼어라,
네 바람은 은혜 잊은 것만큼   185
깊이 에진 않는구나.
네가 비록 물은 구겨 놓지만
잊어버린 친구보다 너의 침이
더 날카롭지는 않구나.
얼씨구나 노래하자, 저 푸른 감탕나무.   190
우정 거의 가짜고 사랑 거의 순 바보짓.
그러니까 얼씨구나 감탕나무.
이 생활은 참으로 흥겹구나.

원로 공작 자네가 만약에 롤런드 경의 아들이면
충직하게 그렇다고 속삭여 주었고   195
내 눈으로 자네의 얼굴에 여실히 그려진
그 사람의 초상이 살았음을 보았듯이
정말 여기 잘 왔네. 내가 자네 아버지를
아꼈던 공작일세. 나머지 운세는
동굴로 같이 가서 말해 주게. 착한 노인,   200
자네도 주인처럼 열렬히 환영하네.
그의 팔을 부축하게. 자 나와 악수하지,
그리고 모든 운세 나에게 알려 주게.   (함께 퇴장)

좋으실 대로

3막 1장

프레더릭 공작, 귀족들 및 올리버 등장.

프레더릭 공작   그 뒤로 그를 못 봐? 이봐, 이봐, 말이 안 돼.

하지만 내가 대충 자비롭지 않다면

너를 내 앞에 두고 복수를 없던 일로

하지는 않을 거야. 하지만 조심해!

동생이 어디 있든 찾아내란 말이다.   5

촛불 들고 찾아봐. 죽었든 살았든

열두 달 안으로 데려와. 안 그러면

짐의 영토 안으로 돌아와 살 생각 하지 마.

네 땅과 네 것이라 부르는, 몰수할 가치 있는

모든 것을 짐의 두 손 안으로 몰수한다,   10

네가 동생 입으로 너에 대한 짐의 불신

씻을 수 있게 될 때까지.

올리버   오, 각하께서 제 마음을 아셨으면 합니다!

전 살면서 동생을 사랑한 적 없습니다.

프레더릭 공작   더욱더 악당이지. 자, 문밖으로 몰아내라,   15

그리고 그 분야의 관리들로 하여금

그의 집과 땅에 대한 압류장을 쓰게 하라.

신속하게 처리하고 그를 쫓아 버려라.   (함께 퇴장)

3막 1장 장소
공작의 궁정.

3막 2장

올랜도 종이 한 장 들고 등장.

올랜도   나의 시여, 내 사랑의 증거로 거기에 걸려라.

그리고 세 겹 관 쓴 밤의 여왕 그대는

그 위쪽의 창백한 천구에서 순결한 눈으로

제 온 생명 좌우하는 여사냥꾼 이름을 보소서.

오, 로절린드, 나무들은 내 책이 될 것이고   5

그 줄기에 내 생각을 새겨 넣을 것입니다.

그래서 이 숲에서 쳐다보는 모든 눈은

사방에서 증언하는 그대의 미덕을 볼 것이오.

뛰어라 올랜도여, 나무마다 새겨라,

곱고도 순결하며 표현이 불가능한 그녀를!   (퇴장) 10

(코린과 터치스톤 등장.)

코린   그런데 이 양치기 생활은 어떠십니까, 터치스톤 나리?

터치스톤   참말로 양치기야, 그 자체로는 좋은 생활이지. 하지만 양치기 생활이란 점에서는 나빠. 혼자라는 점에서는 아주 좋아하지만 외롭다는 점에서는 아주 더러운 생활이야. 그런데 들판에 있다는 점에서는 무척 마음에 들어. 하지만 궁정에 있지 않다는 점에서는 지겨워. 검소한 생활이기에, 잘 들어, 기분에 잘 맞지만 더 이상의 풍족함이 없어서 비위에 많이 거슬려. 양치기야, 네게도 무슨 철학이 있는가? 15

코린   사람은 아프면 아플수록 더 편치 못하다는 걸 아는 20 이상은 없지요. 또 돈과 수단과 만족이 모자라는 사

람은 좋은 친구 셋이 없고, 비는 적시고 불은 태우는 성질을 가졌으며, 좋은 풀밭에서 양이 살찌고 밤이 되는 커다란 이유는 태양이 없기 때문이며, 저절로 또는 배워서도 지혜를 얻지 못한 사람은 핏줄이 안 좋다고 한탄하거나 아주 둔한 집안 출신이란 것을 아는 이상은 없지요.

터치스톤 그런 자는 천치 철학자야. 양치기는 궁정에 가 본 적이 있는가?

코린 없습니다, 진짜로.

터치스톤 그럼, 넌 영벌을 받았어.

코린 아니길 바라요.

터치스톤 진짜로 영벌을 받았어, 잘못 구워 한쪽만 태운 계란처럼.

코린 궁정에 못 갔기 때문에요? 이유를 대 봐요.

터치스톤 그야, 궁정에 가 본 적이 한 번도 없다면 훌륭한 예절을 한 번도 못 봤을 테고, 훌륭한 예절을 한 번도 못 봤다면 네 예절은 사악할 것임에 틀림없고 사악함은 죄이며 죄는 영벌이야. 양치기야, 넌 위중한 상태에 놓여 있어.

코린 천만에요, 터치스톤. 궁정에서 훌륭한 예절은 시골에선 우스꽝스러워요, 시골의 행동이 궁정에선 대단한 웃음거리이듯이. 궁정에선 인사를 할 때마다 손에 키스한다고 그랬지요. 그런 예의는 궁정인이 양치기라면 깨끗하지 못할 것입니다.

터치스톤 예를 들어 봐, 간단하게. 어서, 예를.

코린 그야, 우린 항상 새끼 암양들을 만지는데 그 털은 아시다시피 기름기가 많잖아요.

터치스톤 아니, 궁정인의 손에는 땀이 안 나나? 그리고 양의

	기름은 사람의 땀처럼 건강에 좋은 거 아닌가? 얄 50
	팍해, 얄팍해. 좀 더 나은 예를 들어 봐. 어서.
코린	게다가 우리 손은 거칠어요.
터치스톤	너희의 입술은 그걸 더 빨리 느끼겠지. ― 또 얄팍
	해. 좀 더 적절한 예를 들어 봐, 어서.
코린	또한 우리 손에는 양의 상처를 치료하느라 가끔 타 55
	르가 묻는데 우리더러 타르에 키스하라고요? 궁정
	인은 손에 사향을 바르잖아요.
터치스톤	최고로 얄팍한 인사로군! 넌 품위 있는 인물에 비
	하면 구더기 밥이야, 진짜로! 현자에게 배운 다음
	숙고해 봐. 사향은 생길 때부터 타르보다 더 저질인 60
	고양이의 불결한 배설물, 바로 그거야. 예를 좀 잘
	들어, 양치기야.
코린	당신의 기지는 내겐 너무 궁정풍이오, 관두겠소.
터치스톤	관두고 영벌받겠다고? 신은 이 얄팍한 자를 도우
	소서! 익었는지 잘라 보십시오, 넌 날것이야! 65
코린	나리, 전 참된 일꾼입니다. 먹을 것을 벌고 입을 것
	을 얻으며, 누구도 미워 않고 누구의 행복도 시샘 않
	으며, 남들의 이익에 기뻐하고 제 손해에 만족하며,
	저의 최고 자부심은 풀 뜯는 암양들과 젖 빠는 어
	린 양을 보는 것입니다. 70
터치스톤	어리석은 죄를 또 하나 짓는군. 암양 숫양 합쳐 놓고
	가축들의 교미로 생계를 마련하려 들다니. 또 양 떼
	우두머리에게 뚜쟁이 노릇 하며 열두 달 된 암양을
	머리는 뒤틀리고 오쟁이 진 늙은 숫양에게 짝지어
	줄 이유가 전혀 없는데도 팔아넘기려 들다니. 네가 75
	이 일로 영벌을 받지 않는다면 마왕 자신도 양치기
	들은 안 받아들일 거야. 네가 달리 피할 방도가 있

는지 모르겠네.

(가니메데가 된 로절린드, 글을 들고 등장.)

코린 　　여기 젊은 가니메데 도련님, 저의 새 여주인의 오빠
　　　　가 오네요. 　　　　　　　　　　　　　　　　　　　80

로절린드 　(읽는다.) 동인도와 서인도를 다 가 봐도
　　　　로절린드 같은 보석 없으리라.
　　　　그녀 가치 바람 등을 올라타고
　　　　온 세상에 로절린드 데려가리.
　　　　가장 고운 초상화를 다 모아도 　　　　　　　　85
　　　　로절린드와 비교하면 시커멀 뿐.
　　　　마음속에 로절린드 미모 말고
　　　　다른 미모 간직하지 않게 하라.

터치스톤 　그런 운율이라면 팔 년 내내 맞춰 드리지요. 정찬과
　　　　저녁과 잠자는 시간은 빼고요. 그건 꼭 여자 버터 　90
　　　　장수들이 줄 지어 시장에 가는 꼴이군요.

로절린드 　관둬, 바보야!

터치스톤 　맛보기로 들으세요. ─
　　　　수사슴이 암사슴이 그리우면
　　　　로절린드 찾아내어 보라지요. 　　　　　　　　　95
　　　　고양이가 끼리끼리 사귄다면
　　　　로절린드도 그럭할 게 분명하죠.
　　　　겨울옷은 두툼해야 제격인데
　　　　날씬한 몸 로절린드도 그래야죠.
　　　　추수하는 사람들은 단을 묶어 　　　　　　　　100
　　　　로절린과 함께 타작해야 하죠.
　　　　껍질 가장 쓴 열매가 가장 단데
　　　　로절린드도 바로 그런 열매이죠.
　　　　가장 고운 장미꽃을 찾는 남자

| | 사랑 가시 — 로절린드, 함께 찾죠. | 105 |

        이 시행들은 아주 천방지축 날뛰고 있답니다. 왜
이런 데 물들려 하시지요?

로절린드   입 다물어, 둔한 바보야, 나무에서 발견했어.

터치스톤   정말이지, 그 나무에 나쁜 과일이 열렸네요.

로절린드   그 나무에 널 접붙이고 그다음엔 모과나무를 접붙 110
여 주지. 그럼 넌 이 나라에서 가장 이른 과일이 될
거야. 넌 반도 채 익기 전에 썩어 버릴 테니까. 그게
바로 모과의 특징이지.

터치스톤   말씀은 하셨어요. — 그러나 잘했는지 못했는지는
숲이 판단하라지요.   115

로절린드   쉿, 여동생이 읽으면서 이리 오네, 비켜 서.

    (실향녀가 된 실리아, 글을 들고 등장.)

실리아   (읽는다.) 왜 이곳이 사막이 돼야 하지?

                사람이 안 살아서? 아니지!

        난 모든 나무에 혀를 걸어

              문명의 말씀을 알릴 거야.   120

        어떤 건 방랑하는 순례 길인

              인간의 일생은 짧고 짧아

        펼친 한 뼘 안으로 모든 나이

              다 들어온다고 말하고

        어떤 건 친구들 사이에서   125

              깨어진 맹세를 말하겠지.

        하지만 난 가장 고운 가지나

              모든 명언 마지막에

        '로절린드'라고 쓰고

              읽는 사람 모두에게 하늘이   130

        모든 혼의 정수를 축소해서

보여 주려 한다고 가르치리.

그 때문에 하늘은 자연에게

　　　드넓게 퍼져 있는 모든 미덕

한 몸에 모으라고 명하셨지.　　　　　　　135

　　　자연은 곧바로 헬레나의

마음은 제외하고 두 뺨과

　　　클레오파트라의 위엄과

아탈란타의 좋은 점과 진지한

　　　루크레티아의 순결을 증류했지.　　　140

이렇게 하늘나라 회의로

　　　많은 얼굴, 눈과 마음 합쳐서

최고로 평가받는 특성 갖춘

　　　복합체 로절린이 빚어졌다.

그녀는 하늘의 뜻으로 이런 천품 가졌고　　145

　　　난 그녀의 노예로 살다가 죽으리라.

로절린드　　오, 참으로 친절한 전도사여, 이렇게 지겨운 사랑의

설교로 교구민들을 피곤하게 만들어 놓고선 한 번

도 '착한 사람들아, 참아 주게!'라는 애원도 않으십

니까?　　　　　　　　　　　　　　　　　150

실리아　　원 이런! 친구들은 물러나게. — 양치기는 좀 나가

있게. 너도 함께 가.

터치스톤　　가자 양치기야, 명예롭게 퇴각하자. 망과 망태기는

못 가져가도 소소한 소지품은 가져가자.

　　　　　　　　　　　　　　　　(코린과 함께 퇴장)

136~140행 자연은 … 순결

헬레나는 그 미모 때문에 트로이 전쟁이 일어난 장본인이었고, 클레오파트라는 이집트의
여왕으로 시저와 안토니의 연인이었으며, 아탈란타는 달리기로 유명한 그리스 신화 속의
미녀였고, 루크레티아는 로마의 군주 타르퀴니우스에게 강간당한 뒤 자결한 미와 정절의
화신이었다.

실리아	이런 시를 들어 봤어?
로절린드	아 그럼, 다 들어 봤지, 그리고 더한 것도. 왜냐하면 그 가운데 몇 편은 시가 지탱 못 할 음보가 더 달려 있으니까.
실리아	그건 상관없어. ─ 그 음보로 그 시를 지탱할 수 있었어.
로절린드	그래, 하지만 그 음보는 절름발이였고 시 없이는 그 자신을 지탱할 수 없었어. 그래서 절름발이 상태로 시 안에 서 있었어.
실리아	하지만 어떻게 네 이름이 이 나무들에 걸렸고 새겨졌는지 놀라워하지도 않고 들었어?
로절린드	네가 오기 전에 난 아흐레 가운데 이레 동안이나 놀라움을 느꼈어. 왜냐하면 이것 좀 봐, 종려나무에서 내가 뭘 발견했는지. 내가 이렇게 시로 찬양받기는 피타고라스 시절 이래 처음이야. 그때 난 지금은 거의 기억 못 하지만 아일랜드 쥐였어.
실리아	이런 일을 한 게 누군지 짐작해?
로절린드	그게 남자야?
실리아	게다가 한때 네가 걸었던 목걸이를 하고 있지. ─ 낯빛이 변했어?
로절린드	제발, 누구야?
실리아	맙소사, 맙소사! 친구들이 만나는 건 어려운 일이지. 하지만 산조차도 지진으로 이동하고 그래서 서로 마주칠 수 있단다.
로절린드	응, 하지만 그게 누구야?

155

160

165

170

175

169행 피타고라스
그리스의 철학자, 수학자, 종교 개혁가. 죽은 후에도 영혼이 존속하여 다른 육체로
옮겨가면서 영구히 재생을 계속한다는 영혼 이체설을 주장하였다.

좋으실 대로

실리아	이럴 수가?	180
로절린드	아니, 이제 가장 격렬한 간청 조로 부탁할게, 그게 누군지 말해 줘.	
실리아	오, 놀랍다, 놀라워, 최고로 놀랍고 놀랍네, 그런데 도 또다시 놀랍고 그다음엔 모든 괴성 다 질러도 모 자라네!	185
로절린드	성질나게 하지 마! 넌 내가 남자처럼 치장했기 때문 에 내 성품 속에 바지저고리가 들었다고 생각해? 한 순간만 더 지체하면 그 시간에 남쪽 바다 탐험도 해. 제발 그게 누군지 재빨리 얘기하고 잽싸게 말 해. 난 네가 말을 더듬을 수 있으면 좋겠어, 그래서 이 숨겨진 남자를 네 입에서 마치 포도주가 좁은 병 목으로 한꺼번에 너무 많이 나오거나 전혀 못 나오 듯이 쏟아 낼 수 있도록 말이야. 제발 네 입마개를 뽑아, 그래야 내가 너의 소식을 마실 수 있잖아.	190
실리아	그렇게 한 남자를 네 배 속에 넣을 수도 있지.	195
로절린드	하느님이 만드셨어? 어떤 종류의 남잔데? 머리는 모자를 쓸 만하고? 턱은 수염을 달 만해?	
실리아	아니, 수염은 조금밖에 안 났어.	
로절린드	그야 하느님이 더 보내 주시겠지, 그 남자가 고마워 할 거라면 말이야. 네가 그 남자의 턱에 대한 정보를 늦추지만 않는다면 수염은 자랄 때까지 기다릴게.	200
실리아	올랜도 청년이야, 씨름꾼과 네 마음을 한순간에 같이 넘어뜨린 사람.	
로절린드	아니, 하지만 조롱하면 악마가 잡아가! 엄숙한 얼굴 로, 진실된 숙녀로서 말해.	205
실리아	진짜야, 얘, 그이야.	
로절린드	올랜도?	

실리아 　올랜도.

로절린드 　아이참, 이 바지저고리를 어떡하지? 네가 그를 봤을
　　　　 때 뭐 하고 있었어? 무슨 말을 했어? 어때 보였어?　210
　　　　 뭘 입고 있었어? 여기서 뭐 하고 있지? 그가 날 찾았
　　　　 어? 어디 있어? 너랑은 어떻게 헤어졌어? 그리고 넌
　　　　 그를 언제 다시 볼 건데? 한마디로 대답해.

실리아 　가르강튀아의 입을 먼저 빌려줘야겠어. 그 한마디는
　　　　 너무 커서 이 시대의 입 치수로는 어느 것에도 못 담　215
　　　　 아. 이 사항들에 대해 '예'와 '아니요'를 말하는 건
　　　　 교리문답 이상이고.

로절린드 　하지만 그는 내가 이 숲속에, 게다가 남장을 하고
　　　　 있는 줄은 알아? 그는 씨름하던 그날처럼 생기 있게
　　　　 보였어?　220

실리아 　연인의 의문점을 해결해 주느니 차라리 티끌을 세
　　　　 는 게 더 쉽지. 하지만 내가 발견한 그를 한번 맛보
　　　　 고 잘 관찰하면서 만끽해 봐. 난 그를 나무 밑에서
　　　　 발견했어, 떨어진 도토리처럼. ―

로절린드 　그런 열매가 떨어지다니 조브의 나무라고 해도 무　225
　　　　 리가 없겠네.

실리아 　경청하셔야죠, 마마.

로절린드 　계속해.

실리아 　거기에 몸을 뻗고 마치 상처 입은 기사처럼 누웠는데―

로절린드 　그런 광경을 보는 게 애처롭긴 하지만 그 땅에는 잘　230

214행 가르강튀아
라블레의 『가르강튀아』에 나오는 거인으로
전설적인 양의 음식과 마실 것을 삼킨
것으로 유명하다. (아든)

225행 조브의 나무
도토리가 열리는 참나무. 하지만
엘리자베스 시대 사람들은
호두나무(엘리자베스 여왕의 상징 가운데
하나인 '왕의 나무')를 조브의 나무로
불렀다. (아든)

어울려.

실리아 제발 그 혀에게 멈추라고 소리 좀 쳐. 철모르고 날
뛰는군. 그는 사냥꾼 복색이었는데 —

로절린드 오, 불길해라! 그는 내 가슴속의 사슴을 죽이려고
왔어!   235

실리아 난 후렴 없이 노래 부르고 싶어. — 너 때문에 가락
이 안 맞잖아.

로절린드 넌 내가 여잔 줄 몰라? 난 생각나면 말해야 된단
말이야. 얘, 계속해.

(올랜도와 자크 등장.)

실리아 네가 얘길 끊었잖아. 잠깐만, 이리 오는 게 그 사람   240
아냐?

로절린드 그이야! 살그머니 비켜서서 주목해.

자크 동행해 줘서 고맙네만 사실 난 차라리 혼자인 편이
낫겠네.

올랜도 저도 그렇습니다만, 유행을 따르자면, 저와 벗해 주   245
셔서 저도 고맙습니다.

자크 잘 가게, 우리 가능한 한 뜸하게 만나세.

올랜도 우린 정말 낯선 사람이 되길 바랍니다.

자크 제발 나무껍질에 사랑 노래를 적어 나무를 더 이상
망치지 말게.   250

올랜도 제발 제 시를 삐딱하게 읽어서 더 이상 망치지 마십
시오.

자크 자네 애인 이름이 로절린드인가?

올랜도 예, 맞습니다.

자크 난 그 이름을 좋아하지 않네.   255

올랜도 그녀가 세례를 받았을 때 당신을 기쁘게 하려는 생
각은 없었답니다.

자크	그녀의 신장은 얼마인가?
올랜도	제 심장에 딱 닿을 정도지요.
자크	재미있는 대답을 많이 알고 있군. 금은방 주인 아줌 260 마들과 교제하면서 반지 문구를 외운 거 아냐?
올랜도	그게 아니고 벽걸이 천 문구 보고 바로 대답한 건 데, 당신도 거기에서 질문을 배운 거잖아요.
자크	기지가 민첩하군. 마치 아탈란타의 뒤꿈치로 만들 어진 것 같아. 자네 나와 함께 앉아 둘이서 우리의 265 애인, 이 세상과 우리의 모든 불행에 맞서 욕설이나 퍼부을까?
올랜도	전 세상에서 숨 쉬는 사람들 가운데 저 하나만 꾸 짖을 겁니다, 그의 결점을 가장 많이 아니까요.
자크	자네의 최대 결점은 사랑에 빠진 걸세. 270
올랜도	그건 당신의 최고 미덕과도 바꾸지 않을 결점이랍 니다. 전 당신이 지겨워요.
자크	사실은 내가 자넬 만났을 때 바보 하나를 찾고 있 었어.
올랜도	그는 냇물에 빠져 죽었어요. 거길 들여다보기만 하 275 면 그가 보일 겁니다.
자크	거기에서 나 자신의 모습을 보겠지.
올랜도	전 그게 바보 또는 영이라고 생각합니다.
자크	더 이상 자네와 함께 머무르지 않겠네. 잘 있게, 사랑 님. 280
올랜도	떠나시게 되어 기쁩니다. 안녕히 가십시오, 우울 님.

(자크 퇴장)

264행 아탈란타
그리스 신화에 나오는 발이 빠른 여자 사냥꾼. 구혼자들과 경주하여 모두 물리치고
죽였으나, 멜라니온의 책략에 넘어가 결국 결혼하게 된다.

좋으실 대로

로절린드	그에게 건방진 사내종처럼 말을 걸고 그런 행동거지
	로 사내애 역을 할 테야. ─ 산지기, 내 말 들려요?
올랜도	아주 잘 들리오. 원하는 게 뭐지요?
로절린드	시계가 어떻게 됐는지 말해 주겠소?	285
올랜도	시간이 어떻게 됐는지 물어야지요. 숲속에는 시계
	가 없답니다.
로절린드	그렇다면 숲속엔 진정한 연인이 없군요. 있다면 매
	분마다 한숨 쉬고 매시간마다 신음하면서 시간의
	게으른 발걸음을 시계만큼 정확하게 탐지할 텐데.	290
올랜도	그런데 왜 시간의 빠른 발걸음이 아니지요? 그게 더
	적절하지 않은가요?
로절린드	절대로 아닙니다. 시간은 다양한 사람에게 다양한
	보조로 이동하죠. 내가 당신에게 시간이 한가로이
	가는 사람, 시간이 달려가는 사람, 시간이 질주하는	295
	사람, 시간이 서 있는 사람이 누구인지 말해 주겠소.
올랜도	바라건대, 그게 달려가는 사람은 누굽니까?
로절린드	그야, 혼인 서약을 맺고 예식 올리는 날을 기다리는
	어린 처녀에겐 세차게 달려가죠. 그 기간이 일곱 밤
	밖에 안 된다 해도 시간의 보조는 너무나 세차서 칠	300
	년처럼 길게 느껴진답니다.
올랜도	시간이 한가로이 가는 사람은 누굽니까?
로절린드	라틴어가 모자라는 신부님과 통풍에 안 걸린 부자
	인데 한쪽은 공부를 못하니까 편히 주무시고 다른
	쪽은 아프지 않으니까 유쾌하게 살기 때문이죠. 한	305
	쪽은 사람을 말리고 쇠약하게 만드는 배움의 짐이
	없고, 다른 쪽은 무겁고도 지겨운 가난의 짐을 알지
	못한답니다. 이들에게 시간은 한가로이 가죠.
올랜도	누구에게 질주합니까?

로절린드	교수대로 가는 도적에게요. 제아무리 발걸음을 천	310
	천히 내디뎌도 너무 일찍 도착한다고 생각하니까요.	
올랜도	누구에게 그게 서 있습니까?	
로절린드	휴가 중인 변호사들에게요. 그들은 재판 기간 사이	
	에 자는데 그러면 시간이 어떻게 움직이는지 알지	
	못하기 때문이죠.	315
올랜도	예쁜 청년은 어디에 살아요?	
로절린드	이 여자 양치기 내 누이동생과 함께 여기 속치마	
	끝자락 같은 숲 언저리에 산답니다.	
올랜도	이 지역 태생이오?	
로절린드	당신 눈에 보이는 저 산토끼처럼 자기가 배태된 곳	320
	에서 살죠.	
올랜도	당신 말투는 이렇게 외딴 거주지에서 습득할 수 있	
	는 것보다는 좀 세련됐소.	
로절린드	많은 이들이 그렇다고 하더군요. 하지만 실은 교단	
	소속의 노숙부께서 화법을 가르쳐 주셨는데 그분	325
	은 젊은 시절 궁정에서 자라셨죠. — 거기에서 사랑	
	에 빠졌기 때문에 구애하는 법을 너무 잘 아셨답니	
	다. 그분이 사랑 반대 설교를 하실 때 많이 들어 봤	
	는데, 난 여자가 아닌 것을 하느님께 감사한답니다,	
	그분이 여성 전체를 싸잡아 꾸짖었을 때 말했던 수	330
	많은 경박한 죄악에 물들지 않게 되어서 말입니다.	
올랜도	그분이 여성을 고발할 때 들었던 주요 죄목 가운데	
	기억할 수 있는 게 뭐 있나요?	
로절린드	주요한 건 하나도 없었어요. — 그것들은 반푼짜리	
	동전들처럼 서로 비슷했는데 모든 결점은 동료 결점	335
	이 다가와 짝을 이룰 때까지는 엄청나게 커 보였답	
	니다.	

올랜도	부디 몇 가지만 다시 꼽아 보시오.
로절린드	아뇨, 난 아픈 사람들이 아니라면 내 치료약을 허비

올랜도   부디 몇 가지만 다시 꼽아 보시오.

로절린드   아뇨, 난 아픈 사람들이 아니라면 내 치료약을 허비
하지 않을 겁니다. 숲속에 출몰하면서 나무껍질에   340
로절린드를 새겨 우리의 어린 식물들을 못살게 구
는 남자가 있는데, 산사나무엔 송가를, 찔레나무엔
비가를 걸고 그 모두가, 흥, 로절린드라는 이름을 신
으로 떠받든다지요. 내가 이 환상쟁이를 만날 수 있
다면 몇 가지 좋은 충고를 해 주고 싶소, 왜냐하면   345
이 사람에겐 사랑의 매일열이 있는 것 같으니까.

올랜도   그토록 사랑에 덜덜 떠는 사람이 바로 나요. 제발
당신의 치료법을 얘기해 주시오.

로절린드   당신에겐 숙부님의 증세가 하나도 없는데요. 그분은
내게 사랑에 빠진 사람을 알아내는 법을 가르쳐 주   350
셨소만 당신은 그 갈대 감옥 속의 죄수가 아닌 게
확실하오.

올랜도   그 증세가 뭐였소?

로절린드   야윈 뺨인데 당신에겐 없고, 시퍼렇고 푹 꺼진 눈인
데 당신에겐 없으며, 대꾸하기 싫은 마음인데 당신   355
에겐 없고, 돌보지 않은 수염인데 당신에겐 없네요.
— 하지만 그건 용서해 주겠소. 솔직히 당신의 수염
은 손아래 동생의 수입처럼 보잘것없으니까. 그런
다음 바지대님은 풀려 있고 모자엔 끈도 없고 소매
단추도 안 채우고 구두끈도 매지 않고, 게다가 당신   360
의 모든 것은 절망적인 무관심을 입증해야 한답니
다. 하지만 당신은 그런 사람이 아니군요. 누구의 연
인처럼 보이기보다는 오히려 자신을 더 사랑하는

351행 갈대 감옥
허술해서 쉽게 빠져나올 수 있는 감옥.

듯이 장신구가 완벽하군요.

올랜도 고운 청년이여, 내가 사랑한다는 사실을 그대가 믿 365
게 만들 수 있었으면 좋겠소.

로절린드 내가 그걸 믿어요? 당신이 사랑하는 그녀가 그걸 믿
게 만드는 편이 더 빠를 테고, 그녀는 장담컨대 그러
고 있다는 고백에 앞서 기꺼이 그럴 거요. 그게 바로
여자들이 언제나 본심과 다른 거짓말을 하는 대목 370
가운데 하나지요. 하지만 당신이 정말 로절린드를
그토록 찬미하는 운문을 나무에 거는 바로 그 사람
이오?

올랜도 로절린드의 흰 손에 맹세코 그대 청년에게 단언컨대
내가 바로 그 사람, 그 불운한 사람이오. 375

로절린드 하지만 당신은 당신의 압운에서 드러나는 만큼 깊이
사랑하오?

올랜도 압운도 논리도 그 얼마만큼을 표현 못 하오.

로절린드 사랑은 순전히 광기랍니다. 그래서 단언컨대 광인들
과 마찬가지로 어두운 방과 채찍이 제격이지요. 그 380
런데 그들이 이런 식의 처벌과 치료를 받지 않는 까
닭은 이 광증이 너무나 흔하여 채찍질하는 자들조
차 사랑에 빠져 있기 때문이죠. 하지만 난 충고로
그걸 치료하는 일을 합니다.

올랜도 그렇게 치료해 준 사람이 있었나요? 385

로절린드 예, 한 사람을, 이렇게요. 그는 나를 자기 사랑, 자기
애인이라고 상상해야 했고 난 그를 매일 내게 구애
하도록 만들었죠. 그럴 때 난 — 변덕쟁이 청년일 뿐
이었으니까 — 비탄하고 나약하고 이랬다 저랬다 하
고 그리워하며 좋아하고, 오만하고 환상에 차 있고 390
원숭이 같고 얄팍하고 지조 없고 눈물 그득하고 웃

음 그득하고 그랬죠. 또 모든 감정을 조금씩 그러나
어떤 감정도 진정으로 가지지는 않은 채 ― 소년들
과 대부분의 여자들은 이런 특성을 가진 가축이니
까 ― 한번은 그를 좋아했다가 한번은 혐오하고, 다   395
음엔 그를 환대하다가 그다음엔 물리치고, 한번은
그를 위해 울다가 그다음엔 침을 뱉는 식으로 이 애
걸남을 사랑에 미친 변덕에서 살아 있는 광기로 몰
아갔는데, 그건 바로 이 세상의 도도한 흐름과는 결
별하고 꼭 은둔자처럼 구석에 처박혀 사는 거였죠.   400
난 그를 이렇게 치료했고 이 방법을 택하여 당신의
간을 건강한 양의 심장처럼 깨끗이 씻어 주겠소, 거
기에 한 점의 사랑도 남아 있지 않도록 말이오.

올랜도   청년이여, 난 치료받고 싶지 않소.

로절린드   난 치료해 주고 싶소, 나를 로절린드라 부르고 매일   405
         내 오두막에 와서 구애만 한다면.

올랜도   그럼 내 사랑에 대한 믿음에 맹세코 그러겠소. 그게
         어디 있는지 말해 주시오.

로절린드   거기로 함께 가면 보여 주겠소. 그리고 가는 길에
         당신이 이 숲속 어디에 사는지도 알려 주시오. 가시   410
         겠소?

올랜도   진심으로 그러겠소, 친절한 청년이여.

로절린드   아니, 로절린드라 불러야만 합니다. 자 누이야, 가
         볼까?   (함께 퇴장)

402행 간
열정의 소재지라고 믿었던 곳. (아든)

3막 3장

터치스톤, 오드리, 그들 뒤에 자크 등장.

터치스톤   어서 와, 착한 오드리. — 네 염소들은 내가 몰아올 게, 오드리. 그런데 어때, 오드리? 내가 아직도 네 남 자야? 이 꾸밈없는 풍채가 맘에 들어?

오드리   당신 풍채요? 하느님 맙소사! 무슨 풍채요?

터치스톤   난 여기 너와 네 염소들과 함께 있어, 가장 호색했던 5 시인, 정직했던 오비디우스가 염소 같은 야만족 가 운데 살았듯이 말이야.

자크   (방백) 오, 잘못 깃든 지식이여, 초가집에 들어간 조브보다 더 나쁘구나.

터치스톤   한 남자의 시가 아무한테도 이해받지 못하고, 한 남 10 자의 뛰어난 지성이 그것의 조숙한 자식인 이해력의 지지를 못 받는다면 그건 비좁은 방에서 터무니없 는 계산을 하는 것보다 한 남자를 더 죽여 놔. 정말 로 신들께서 널 시적으로 만들어 줬으면 좋겠어.

오드리   난 시적이라는 게 뭔지 몰라요. 그것의 말과 행동이 15 깨끗해요? 그런 게 정말 있나요?

3막 3장 장소
아든 숲속.
6행 오비디우스
『사랑의 기술』의 저자인 오비디우스는
로마에서 추방되어 고트족(야만족) 가운데
살았는데 그들이 자신의 시를 이해하지
못한다고 불평하였다. (RSC) 여기에서
염소는 호색한의 별명으로 쓰였다.
8~9행 초가집에 ... 조브
오비디우스의 『변신 이야기』에서 필레몬과

바우키스는 그들의 누추한 초가집에서
주피터를 환대했을 때 변장한 그를
알아보지 못했다. (아든)
12~13행 비좁은 ... 계산
비좁고 초라한 술집에서 바가지 음식
값을 내는 일. 혹자는 이것을 1593년 술값
시비로 다투다가 잉그럼 프라이저의 손에
죽은 크리스토퍼 말로에 대한 언급으로
읽기도 한다. (리버사이드)

터치스톤	없어, 정말로, 왜냐하면 가장 진실된 시는 가장 꾸밈이 많고, 그래서 연인들이 시에 빠지니까. 또 그들이 시로 맹세하는 것들은 그들이 연인들로서 꾸며 낸다고 할 수 있어. 20
오드리	그래서 당신은 신들이 나를 시적으로 만들었길 바라나요?
터치스톤	정말로 그래, 왜냐하면 넌 내게 깨끗하다고 맹세하니까. 근데 네가 만약 시인이라면 난 네가 그걸 꾸며 냈다는 희망을 가질 수 있을 텐데. 25
오드리	내가 깨끗하지 않았으면 좋겠어요?
터치스톤	그럼, 정말로, 얼굴이 못생기지만 않았어도 말이다. 왜냐하면 미모와 순결을 짝짓는 건 설탕에 꿀 소스를 치는 격이니까.
자크	(방백) 속이 꽉 찬 바보야! 30
오드리	글쎄요, 난 곱지 않으니까 깨끗하게 만들어 달라고 신들에게 기도해요.
터치스톤	맞아, 게다가 순결을 못생긴 잡년에게 줘 버리는 건 좋은 고기를 더러운 접시에 담는 격이지.
오드리	난 잡년은 아니에요, 못생긴 건 신들에게 감사하지만요. 35
터치스톤	그렇다면 널 추하게 만든 신들은 찬양받을지어다. 잡년은 나중에도 될 수 있어. 하지만 그거야 어찌 되든 난 너와 결혼할 거야. 그래서 그럴 목적으로 옆 마을의 올리버 말씀 망쳐 교구 신부에게 갔는데, 40 그이는 숲속 이 장소에서 나를 만나 우리를 짝지어 주기로 약속했어.
자크	(방백) 이 만남을 기꺼이 보고 싶군.
오드리	그럼, 신들은 우리에게 기쁨을 주세요!

| 터치스톤 | 아멘. — 두려운 마음을 가진 남자라면 이 일을 시 | 45 |

터치스톤 아멘. — 두려운 마음을 가진 남자라면 이 일을 시 45
도하면서 휘청거릴지도 몰라, 여기엔 숲 말곤 아무
성당도 없고 뿔 달린 짐승 말곤 모인 사람들도 없으
니까. 하지만 그래서 뭐? 용기를 내자! 뿔은 혐오스
럽지만 필요해. 많은 사람들이 자기 재산의 끝을 모
른다고 한다. 맞아. 많은 남자들이 멋진 뿔을 여럿 50
달고도 그 끝을 모른다. 글쎄, 그건 자기 아내의 지
참금이야. — 자기 스스로 얻은 게 아니라고. 뿔이
여럿이라고? 그렇다마다. 가난한 남자들만 그래? 아
니, 아니, 가장 고귀한 사슴도 어린 사슴만큼이나
거대한 걸 달고 있어. 그러므로 독신인 남자가 축복 55
받았을까? 아니지. 성벽 두른 도시가 마을보다 더
가치 있듯이 유부남의 이마가 총각의 맨 이마보다
더 존경스럽고, 또 방어 기술이 없는 것보다는 있
는 게 훨씬 더 나은 만큼이나 뿔이 없는 것보다는
있는 게 훨씬 더 소중해. 60

(올리버 말씀 망쳐 신부 등장.)

여기 올리버 신부가 오는군. 올리버 말씀 망쳐 신부,
잘 만났소. 여기 이 나무 밑에서 우리 일을 서둘러
주겠소, 아니면 당신과 함께 예배당으로 갈까요?

올리버 신부 이 여자를 줄 사람이 아무도 없소?

터치스톤 누구의 선물로 그녀를 받지는 않을 거요. 65

올리버 신부 정말로 누가 그녀를 줘야만 하오, 안 그러면 이 혼인
은 불법이오.

자크 (나오면서) 진행해요, 진행해. 내가 그녀를 주리다.

터치스톤 좋은 오후입니다, 저 자꾸 선생님, 어떻게 지내셨습

47행 뿔
짐승의 뿔이지만 동시에 오쟁이 진 남편의 이마에 돋는다는 물건을 비유적으로 말한다.

좋으실 대로

니까? 아주 잘 만났습니다. 최근에 저와 동무해 준 70
일로 복 많이 받으십시오. 만나게 되어 아주 기쁩니
다. 이건 그냥 하찮은 볼일입니다만 — 아니, 모자는
쓰고 있지 그러십니까.

자크 색동옷 바보야, 결혼을 하려고?

터치스톤 황소에겐 멍에, 말에겐 재갈, 매에겐 방울이 있듯이 75
인간에겐 욕망이 있답니다. 그래서 비둘기가 입 맞
추듯 결혼해서 함께 쪼아 먹으려고요.

자크 그래서 자네는 이른바 교육을 받았다는 사람이 거
지처럼 덤불 밑에서 결혼하려고 해? 교회로 가게,
그리고 결혼이 뭔지 말해 줄 수 있는 훌륭한 신부님 80
을 찾으라고. 이 친구는 두 사람을 마치 널빤지 붙
이듯이 결합시킬 것이야. 그러면 둘 가운데 하나는
오그라든 판자가 되어 생나무처럼 확확 비틀어질
거라네.

터치스톤 (방백) 내 맘속엔 다른 사람보다 그가 결혼시켜 주 85
는 게 더 낫겠다는 생각밖에 없어. 왜냐하면 그는
날 올바로 결혼시키지 못할 테고 올바로 결혼하지
않으면 그게 나중에 아내를 버릴 좋은 구실이 될 테
니까.

자크 나하고 같이 가서 내 충고를 듣게나. 90

터치스톤 자 가자, 귀여운 오드리, 우린 결혼 못 하면 간통하
며 살아야 해. 잘 가시오, 올리버 신부님.

(노래하고 춤추며)

69행 자꾸
원래는 자크(Jacques)의 영어식 발음이
변소와 동음이의어인 점을 의식한
말장난인데 우리말로 이렇게 옮겼다.

72행 모자
상급자 앞에서는 모자를 벗는 것이 당시의
예의였다.

오 친절한 올리버,

오 용감한 올리버,

날 두고 가지 마오.   95

이게 아니고 —

방향 바꿔

가라니까 그러네,

결혼식엔 같이 못 가,

이거요.   (자크, 터치스톤, 오드리 함께 퇴장)   100

올리버 신부   상관없어.

망상에 사로잡힌 놈들이 모조리 비웃어도

나는 이 성직을 절대로 못 버린다.   (퇴장)

3막 4장

가니메데가 된 로절린드와 실향녀가 된 실리아 등장.

로절린드   절대로 말 걸지 마, 난 울 거야.

실리아   제발 그래라, 그래도 남자에겐 눈물이 어울리지 않

는다는 사실을 고려할 아량은 가져라.

로절린드   하지만 내겐 울 이유가 있잖아?

실리아   원하는 만큼 훌륭한 이유가 있지. 그러니까 울어.   5

로절린드   그의 머리칼조차 속이는 색깔이야.

실리아   유다의 것보다는 좀 더 갈색이지. 참 그의 키스는

7행 유다
키스와 함께 스승인 예수를 배신한 유다는
종종 붉은 머리칼과 붉은 턱수염을 가진
것으로 묘사되었다. (아든)

3막 4장 장소
아든 숲속.

좋으실 대로

유다의 친자식들이야.

로절린드　사실 그의 머리 색깔은 예뻤어.

실리아　빼어난 색깔이지. — 그 다갈색이 여태까진 최고의 10
색깔이었어.

로절린드　그리고 그의 키스는 성찬 빵의 촉감처럼 신성함이
가득했어.

실리아　그는 디아나가 버린 입술 한 쌍을 샀어. — 겨울과
자매결연 맺은 수녀라도 더 이상 경건하게 키스할 15
순 없지. 그 입술엔 바로 그 얼음 같은 순결함이 깃
들어 있어.

로절린드　그런데 왜 그는 오늘 아침에 오겠다고 맹세해 놓고
안 오지?

실리아　그래, 분명코 그에겐 진실성이 없어. 20

로절린드　그렇게 생각해?

실리아　응. 난 그가 소매치기나 말 도둑은 아니라고 생각해.
— 하지만 그가 품은 사랑의 진실성으로 말하면 난
그가 덮어 놓은 술잔이나 벌레 먹은 견과처럼 텅
비었다고 생각해. 25

로절린드　사랑에 충실하지 않다고?

실리아　충실해, 빠졌을 땐, 하지만 난 그가 빠졌다곤 생각
안 해.

로절린드　그가 깊숙이 빠졌다고 맹세하는 걸 들었잖아.

실리아　그때는 지나갔어. 게다가 연인의 맹세는 급사의 말 30
보다도 힘이 없어. 양쪽 다 틀린 계산을 맞다고 하
는 사람들이야. 그는 여기 숲속에서 너의 아버지,
공작님의 시중을 들고 있어.

14행 디아나
달과 순결의 여신.

로절린드   난 공작님을 어제 만났고 대화를 많이 나눴어. 그는
         내게 부모가 누구냐고 물어보셨지. 내가 당신처럼   35
         훌륭한 분이라고 말했더니 그는 웃은 다음 날 보내
         주셨어. 하지만 우리가 왜 아버지 얘길 하지, 올랜도
         같은 남자가 있는데?

실리아   오, 그 남자 참 멋져! 그는 멋진 시를 쓰고 멋진 말
         을 하고 멋진 맹세를 한 다음 그것을 애인의 마음과   40
         아주 빗나가게, 그녀 뜻에 반하여 멋지게 깨 버려,
         마치 하바리 창수가 자기 말에 박차를 한쪽으로만
         가하여 얼간이 귀족처럼 자기 창을 부러뜨리듯이
         말이야. 하지만 청춘이 올라타고 바보짓의 안내를
         받는 모든 것은 다 멋져.   45

              (코린 등장.)

         이게 누구야?

코린   아가씨와 주인님은 사랑을 호소하는
         양치기에 관하여 여러 번 물으셨고
         그가 제 옆 잔디 위에 앉아서 자기 애인,
         오만하고 경멸하는 그 여자 양치기를   50
         칭찬하는 걸 보셨죠.

실리아   그런데, 그가 왜?

코린   진정한 사랑의 창백한 얼굴색과
         달아오른 멸시와 오만한 경멸 그 사이에서
         거짓 없이 펼쳐지는 구경거리 보시려면
         조금만 나가시죠. 지켜보시겠다면   55
         안내해 드리지요.

로절린드   자 어서 자릴 뜨자. —
         연인들은 연인들을 봄으로써 힘이 나.
         그 장면에 우리를 데려가면 그 연극에

좋으실 대로

나도 바쁜 배우가 됐다고 말할 걸세.　　(함께 퇴장)

3막 5장

실비우스와 피비 등장.

실비우스　어여쁜 피비, 날 경멸하지 마, 하지 마.
　　　　　날 사랑 않는다고 얘기해. 하지만 쓰라리게
　　　　　말하진 마. 사람 죽는 광경에 익숙해져
　　　　　마음이 굳어 버린 공개 처형 망나니도
　　　　　아래로 굽힌 목을 도끼로 치기 전에　　　　　　5
　　　　　용서를 먼저 구해. 핏물로 살다 죽는
　　　　　그자보다 네가 더 인정사정없을 거야?
　　　(가니메데가 된 로절린드와 실향녀가 된 실리아 및 코린,
　　　　　등장하여 옆으로 선다.)
　　　피비　나도 그런 망나니가 되고 싶진 않으며
　　　　　네게 상처 안 주려고 도망치고 있잖아.
　　　　　넌 내 눈에 살인마가 들었다고 하는데　　　　　10
　　　　　티끌에도 겁쟁이 대문을 닫아거는
　　　　　최고로 연약한 물건인 내 눈을
　　　　　독재자, 도살자, 살인자로 부르는 건
　　　　　대단하고 확실하고 무척이나 그럴듯해.
　　　　　난 지금 너에게 진심으로 눈살을 찌푸렸고　　　15
　　　　　내 눈이 해칠 수 있다면 널 죽여 보라고 해.
　　　　　기절하는 척해 봐 — 자 이제 넘어져!

3막 5장　장소
아든 숲속.

79

그렇게 못 한다면 — 오, 창피하다, 창피해 —
내 눈이 살인자란 거짓말은 하지 마.
내 눈이 준 상처를 어디 한번 보여 봐.   20
침으로 너를 살짝 긁기만 하여도
약간의 자국이 남잖아. 골풀에 기대 봐,
손바닥엔 짓눌린 흔적과 눈에 띄는 자국이
잠시 동안 유지돼. 그런데 방금도 내 눈이
네게 화살 던졌지만 넌 아니 다쳤어.   25
그리고 확신컨대 눈에는 정말로
해칠 만한 힘이 없어.

실비우스   오, 소중한 피비,
네가 언제 — 그 언제는 가까울 수 있으니까 —
새로운 뺨에서 연정의 위력을 느낀다면
그제야 넌 사랑의 날카로운 화살이 준   30
무형의 상처를 알 거야.

피비   하지만 그때까진
내 곁에 오지 마. 그런 때가 왔을 때
날 놀리고 괴롭혀, 동정도 하지 말고.
그때까진 나도 널 동정하지 않을 테니.

로절린드   (나서면서) 왜 하지 않지요? 당신은 어머니가 누군데   35
비참한 사람 놓고 거만과 의기양양
한꺼번에 합니까? 당신에게 미모가 없다 한들 —
진실에 맹세코 당신에겐 촛불 없이
어두운 침대로 갈 만큼도 보이지 않으니까. —
그렇다고 오만하고 비정해야 합니까?   40
아니 왜 그래요? 왜 나를 쳐다봐요?
난 당신에게서 자연의 싸구려 보통 물건
그 이상은 볼 수가 없네요. 나 원 참,

이 여자가 내 눈까지 얽으려고 하나 봐!

안 됩니다, 오만한 아가씨. 희망을 버려요.　　　　45

당신의 잉크 빛 눈썹과 검은 비단 머리칼,

유리알 눈동자, 우윳빛 뺨으로도 내 맘을

당신을 숭배토록 길들일 순 없답니다.

어리석은 양치기여, 온습한 남풍처럼

비바람을 내뿜으며 왜 그녀를 뒤쫓나요?　　　50

당신은 이 여자에 비하면 천 배나 더

잘생긴 남자인데. 당신 같은 바보들이

못생긴 아이들로 이 세상을 꽉 채워요.

이 여자는 거울 아닌 당신 땜에 기뻐하고

자신의 그 어떤 외모가 보여 주는 것보다　　　55

더 고운 자신을 당신 통해 본다고요.

하지만 아가씨, 자신을 파악해요. 무릎 꿇고

선남의 사랑을 준 하늘에 굽으며 감사해요.

친구로서 말해야 되겠는데 팔릴 때

자신을 팔아요, 시세가 늘 좋진 않으니까.　　　60

사죄하고 사랑해요, 그의 제안 받들어요.

추한데 조롱하면 추한 중에 가장 추하답니다.

그러니 양치기여, 그녀를 가져요. 잘 있어요.

피비　　　친절한 청년이여, 일 년 내내 꾸중해요.

이 남자의 구애보다 당신 꾸중 들을래요.　　　65

로절린드　　이 남자는 당신의 추한 생김새와 사랑에 빠졌어요.

(실비우스에게) 그리고 이 여자는 화내는 나와 사랑

에 빠질 거요. 그리되면 그녀가 당신에게 찌푸린 얼

굴로 대답하자마자 난 쓰라린 말로 그녀를 꾸짖을

거요. (피비에게) 왜 나를 그렇게 쳐다봐요?　　　70

피비　　　당신에게 나쁜 뜻은 없어서요.

로절린드	나와는 사랑에 안 빠지기 바랍니다,
	취중에 한 맹세보다 내가 더 가짜니까.
	게다가 난 당신을 싫어해요. 내 집을 알려면
	여기서 가까운 곳, 올리브 숲에 있소. 75
	누이야, 가 볼까? 양치기는 귀찮게 졸라 봐요.
	가, 누이야. 여자 양치기여, 그를 더 잘 살피고
	뻐기지 좀 말아요. 세상 사람 다 알듯이
	그이처럼 눈 삔 사람 아무도 없어요.
	자, 우리 양 떼 보러 가자. 80

(로절린드, 실리아, 코린 함께 퇴장)

피비	죽은 시인, 그대의 명언을 이제야 알겠어요.
	'첫눈에 사랑 않고 사랑한 자 있었던가?'
실비우스	상냥한 피비!
피비	하? 뭐라고, 실비우스?
실비우스	상냥한 피비, 동정해 줘.
피비	네 처지가 안됐어, 친절한 실비우스. 85
실비우스	슬픔이 있는 곳엔 구원이 있기 마련.
	내 사랑의 비탄을 네가 만약 슬퍼하면
	사랑을 줌으로써 네 슬픔과 내 비탄은
	둘 다 소멸될 거야.
피비	넌 내 사랑 가졌어. 그건 이웃답잖아? 90
실비우스	난 너를 갖고 싶어.
피비	아, 그건 탐욕일 테지.
	실비우스, 난 너를 미워한 적 있었어.
	하지만 너에게 사랑을 품어서가 아니라

81행 죽은 시인
크리스토퍼 말로를 뜻한다. 그다음에 인용된 문장은 말로의 신화 시 『헤로와
레안드로스』의 한 구절이다.

넌 사랑 얘기를 잘할 수 있으니까
너와의 사귐을 전에는 넌더리냈었지만   95
앞으로는 견디겠어, 일거리도 줄 거고.
하지만 일거리를 받아서 얻게 되는
기쁨 그 이상의 보상을 바라진 마.

실비우스   내 사랑은 너무나 거룩하고 완벽하여
난 이렇게 호의가 부족한 상황에도   100
곡식을 거두는 사람의 뒤를 따라
상한 이삭 줍는 것을 최고로 풍성한
수확으로 여길 테야. 마음 없는 미소라도
가끔씩 던져 주면 그거 먹고 살 테야.

피비   조금 전에 내게 말 건 청년을 알고 있어?   105

실비우스   잘은 몰라, 하지만 여러 번 만났는데
한때는 시골뜨기 늙은이가 임자였던
오두막과 풀밭을 그 사람이 사들였어.

피비   내가 그를 찾는다고 사랑한다 생각 마.
철없는 애 같을 뿐 ─ 하지만 말은 잘해 ─   110
하지만 말이 무슨 상관이야. 그래도
듣는 이가 기쁘면 그건 잘한 말이지.
귀여운 청년이야 ─ 대단히 귀엽진 않지만 ─
근데 분명 건방져, 그래도 그 건방은 어울려.
잘생긴 남자가 될 거야. 최고로 좋은 건   115
그의 얼굴빛인데 말보다 더 빨리
날 아프게 했지만 그의 눈이 고쳐 줬어.
키가 아주 크지는 않지만 나이치곤 커다래.
다리는 그저 그래. 하지만 잘 뻗었어.
입술에는 귀여운 붉은 기가 돌았는데   120
뺨에 섞인 것보다는 조금 더 성숙하고

더 밝게 붉었어. 그 차이는 고르게 붉은색과

흰빛이 든 연분홍, 둘 사이와 꼭 같았어.

여자들이 나처럼 그 사람을 조목조목

눈여겨봤더라면, 실비우스, 그들은 사랑에 125

빠질 뻔했을 거야. 하지만 나만은

그이를 사랑 안 해, 미워도 하지 않고.

그래도 사랑보다 미워할 이유가 더 많아.

왜냐하면 무슨 일로 그가 날 나무랐지?

그는 내가 눈도 검고 머리도 검다 했어 130

그리고 이제 생각났는데 날 깔봤어.

내가 왜 반응을 못 했는지 이상하네.

하지만 상관없어. ─ 안 한 게 봐준 건 아니지.

난 아주 빈정대는 편지를 쓸 거야,

넌 그걸 가져가고. 그럴할래, 실비우스? 135

실비우스   피비, 진심으로 그럴게.

피비   그걸 곧장 쓸 거야.

그 내용은 내 머리와 마음에 들어 있어.

난 매서울 거야, 지독하게 쌀쌀맞고.

같이 가자, 실비우스.   (함께 퇴장) 140

4막 1장

가니메데가 된 로절린드, 실향녀가 된 실리아,

그리고 자크 등장.

자크   부탁인데, 귀여운 젊은이, 내가 자네와 좀 더 가까이

지내게 해 주게.

로절린드	사람들이 당신은 우울한 친구라고 하던데요.
자크	그렇다네. 난 웃는 것보다 그게 더 좋다네.
로절린드	어느 쪽이든 극단에 있는 사람들은 혐오스러운 자 5 들이고 온갖 흔해 빠진 책망을 주정뱅이들보다 더 많이 듣죠.
자크	하지만 진지해서 아무 말 않는 것도 좋아.
로절린드	아니 그럼, 기둥이 되는 게 좋겠네요.
자크	내겐 학자의 우울증도, 그건 시기심인데 없고, 음악 10 가의 것도, 그건 환상이 가득한데 없고, 궁정인의 것도, 그건 거만한데 없고, 군인의 것도, 그건 야심 만만한데 없고, 변호사의 것도, 그건 정략적인데 없 고, 귀부인의 것도, 그건 까다로운데 없고, 또 연인 의 것도, 그건 이 모든 것인데 없다네. 그래서 이건 15 나 자신만의 우울증으로 많은 사물에서 뽑아낸 많 은 재료로 합성됐고 사실은 내 여행을 여러 모로 합산한 건데, 내가 그 안에서 자주 명상할 때면 참 으로 변덕스러운 비애감에 둘러싸인다네.
로절린드	여행자라! 정말이지 당신은 슬퍼할 이유가 많군요. 20 남의 땅을 보려고 당신 걸 팔지나 않았을까 걱정되 네요. 그렇다면 본 건 많고 가진 게 없어서 눈은 부 잔데 손은 가난하단 말이군요.
자크	그렇지, 난 경험을 얻었다네.
로절린드	그런데 그 경험이 당신을 슬프게 만드는군요. 난 차 25 라리 바보가 날 유쾌하게 만드는 편이 경험이 날 슬 프게 만드는 것보다 ― 그것도 여행까지 해 가면서 ― 낫겠어요.

4막 1장 장소
아든 숲속.

85

(올랜도 등장.)

올랜도 　사랑하는 로절린드, 안녕과 행복을!

자크 　　아니 그럼, 자네들이 운문으로 얘기하려면 잘들 있게. 　30

로절린드 　잘 가요, 여행자 아저씨. 꼬부랑말 하고 이상한 옷
　　　　　입고 바로 당신 나라의 모든 혜택을 헐뜯으세요.
　　　　　당신의 출생지를 싫어하고 지금 그 용모를 만들어
　　　　　줬다고 거의 하느님까지 꾸짖어 보세요. 안 그러면
　　　　　당신이 곤돌라를 띄워 봤다고는 도저히 생각 않을 　35
　　　　　겁니다. 아니, 어떻게 된 거요, 올랜도? 그동안 줄곧
　　　　　어디에 있었어요? 당신이 연인이오? 만약 이런 장난
　　　　　다시 치면 절대 내 눈 앞에 나타나지 말아요!

올랜도 　아름다운 로절린드, 약속을 한 시간은 안 넘기고
　　　　　왔잖아요. 　　　　　　　　　　　　　　　　　　40

로절린드 　사랑의 약속을 한 시간이나 어겨요! 연애할 때 일
　　　　　분을 천 개로 나누고 그 천 개 가운데 하나의 어느
　　　　　한 순간이라도 어기는 사람이 있다면 큐피드가 그
　　　　　의 어깨를 살짝 건드렸단 말은 할 수 있어도 그의 심
　　　　　장은 장담컨대 멀쩡하답니다. 　　　　　　　　　　45

올랜도 　용서하오, 사랑하는 로절린드.

로절린드 　아뇨, 그렇게 지각할 거라면 더 이상 내 눈앞에 나타
　　　　　나지 말아요. 난 차라리 달팽이의 구애를 받는 게
　　　　　낫겠어요.

올랜도 　달팽이요? 　　　　　　　　　　　　　　　　　　50

로절린드 　예, 달팽이요. 그는 천천히 나타나지만 머리 위에 자
　　　　　기 집을 이고 다니니까. ― 그게 당신이 여자에게 줄
　　　　　수 있는 것보다 더 나은 과부 재산권인 것 같네요.

35행 곤돌라
이탈리아의 베네치아에서 사용하는 교통수단.

	게다가 그는 자기 운명도 함께 가져오죠.
올랜도	그게 뭔데요?
로절린드	그야, 뿔이지요. — 당신 같은 사람들은 그걸 아내 덕분에 기꺼이 달겠지만, 그는 자기 운명에 맞서 무장하고 왔기 때문에 자기 아내의 추문을 미리 막는답니다.
올랜도	정숙한 여자는 남편 이마에 뿔 돋게 하진 않소. 그리고 나의 로절린드는 정숙하오.
로절린드	그런데 내가 그 로절린드요.
실리아	그는 자기가 좋아서 오빠를 그리 불러, 하지만 그에 겐 오빠보다 더 태깔 고운 로절린드가 있어.
로절린드	자, 내게 구애해요, 구애해. 내 기분은 지금 공휴일 과 같아서 동의할 가능성이 충분하니까. 내가 만약 당신의 바로, 바로 그 로절린드라면 지금 내게 뭐라 고 말하겠소?
올랜도	말하기에 앞서 키스하고 싶소.
로절린드	아뇨, 우선 말부터 하는 게 낫지요. 그리고 얘깃거 리가 없어 어찌할 바를 모를 때 기회를 잡아 키스할 수 있답니다. 아주 훌륭한 연설가는 막혔을 때 침을 뱉는데 연인들이 얘깃거리가 없다면 (하느님 맙소 사) 가장 깨끗한 대책은 키스이지요.
올랜도	키스를 거절하면 어쩌지요?
로절린드	그럼 당신더러 애걸하라는 말인데 거기서부턴 새로 운 일이 시작되죠.
올랜도	누가 사랑하는 애인 앞에서 막힐 수 있겠소?
로절린드	그야, 당신이 그러겠죠, 내가 당신 애인이라면, 혹은 내가 내 순결이 밤일보다 더 중요하다고 생각하면요.
올랜도	뭐요, 내 말문이?

55

60

65

70

75

80

로절린드   기가 막히진 않겠지만 말문은 막힐 겁니다. 내가 당
　　　　　신의 로절린드 아닌가요?

올랜도   당신을 그렇게 부르면 그녀 얘기를 하게 되니까 기
　　　　　쁨을 좀 느낍니다.   85

로절린드   글쎄요, 그녀 대신 말하는데 난 당신을 받아들이지
　　　　　않겠어요.

올랜도   그럼 난 본인이 직접 죽습니다.

로절린드   아뇨, 정말, 대리인이 죽게 해요. 불쌍한 이 세상은
　　　　　거의 육천 년이 되었지만 그 기간 내내 그 누구도   90
　　　　　본인이 직접 (즉, 사랑 때문에) 죽진 않았어요. 트
　　　　　로일로스는 그리스인 몽둥이에 머리가 박살 났지만
　　　　　그 전에도 죽으려고 별짓을 다 했지요, 그런데 그가
　　　　　사랑의 모범 사례 가운데 하나랍니다. 레안드로스
　　　　　는 더운 한여름 밤이 아니었더라면 헤로가 비록 수   95
　　　　　녀가 됐을지라도 족히 여러 해를 더 살았을 거예요.
　　　　　그 착한 젊은이는 헬레스폰투스에 몸을 씻으러 간
　　　　　것뿐이었는데 쥐가 나서 빠져 죽었고 그 시기의 어
　　　　　리석은 사가들이 판결을 내렸죠, 세스토스의 헤로
　　　　　때문이라고. 하지만 이런 건 다 거짓이랍니다. 남자   100
　　　　　들이 때론 죽고 또 구더기 밥이 되곤 했어도 사랑
　　　　　때문은 아니었소.

올랜도   나의 진짜 로절린드가 그런 의견을 갖지는 않았으면
　　　　　좋겠소, 단언컨대 그녀가 인상 쓰면 난 죽을 수도 있
　　　　　으니까요.   105

91~95행 트로일로스 ... 헤로
신화 속 사랑 이야기에 나오는 연인들. 트로일로스(트로이 왕 프리아모스의 아들)는
크레시다를 사랑했고, 레안드로스는 그리스 청년으로 연인인 헤로(비너스의 수녀)를
만나러 가다가 헬레스폰투스에 빠져 죽었다.

좋으실 대로

로절린드	이 손에 맹세코, 그래 봤자 파리 한 마리도 안 죽을 겁니다. 하지만 자, 난 이제 좀 더 고무적인 당신의 로절린드가 되렵니다. 그러니 맘대로 요청해요, 허락할 테니까.	
올랜도	그럼 날 사랑해 줘요, 로절린드.	110
로절린드	예, 진짜, 그러지요, 매주 금요일과 토요일과 매일.	
올랜도	그리고 날 받아들이겠소?	
로절린드	예, 또 당신 비슷한 스무 명도.	
올랜도	뭐라고요?	
로절린드	당신은 훌륭하지 않나요?	115
올랜도	그렇길 바랍니다.	
로절린드	그렇다면 훌륭한 걸 지나치게 원할 수도 있나요? 자, 누이야, 네가 신부님이 되어 우리를 결혼시켜 다오. 올랜도, 당신 손을 이리 줘요. 누이는 뭐라고 말해야지?	120
올랜도	우리를 결혼시켜 주십시오.	
실리아	난 어떻게 하는지 몰라요.	
로절린드	이렇게 시작해야 해, '올랜도 당신은 — '	
실리아	원 참. 올랜도 당신은 이 로절린드를 아내로 맞이 하겠습니까?	125
올랜도	하겠습니다.	
로절린드	예, 하지만 언제요?	
올랜도	그야 지금이죠, 여동생이 우릴 결혼시키자마자.	
로절린드	그럼 이렇게 말해야지요, '나는 그대 로절린드를 아내로 맞이합니다.'라고.	130
올랜도	나는 그대 로절린드를 아내로 맞이합니다.	
로절린드	당신에게 위임장을 요구할 수도 있어요. 하지만 난 그대 올랜도를 진정 남편으로 받아들입니다. 여기	

	신부님을 앞지르는 처녀가 있네, 그리고 여자의 생	
	각은 행동보다 앞서 달리는 게 분명해.	135
올랜도	생각이란 다 그렇죠. — 날개가 달렸답니다.	
로절린드	자, 이제 말해 봐요, 그녀를 가진 뒤에 얼마나 오랫	
	동안 데리고 있을 건지.	
올랜도	영원히 그리고 하루 더요.	

로절린드   하루라고만 해요, 영원히는 빼고. 아뇨, 아뇨, 올랜   140
        도, 남자들은 구애할 땐 사월이고 결혼할 땐 십이월
        이지만 처녀들은 처녀일 땐 오월이나 아내가 되었을
        땐 날씨가 바뀐답니다. 난 당신을 바버리산 수비둘
        기가 암컷을 질투하는 것보다 더 심하게 질투하고,
        비 오기 전의 앵무새보다 더 소란스러우며 잔나비   145
        보다 더 새로운 걸 좋아하고 원숭이보다 더 경박한
        욕망을 가질 거예요. 난 분수 속의 디아나처럼 아무
        것도 아닌 일에 울 거예요, 그것도 당신이 유쾌한 기
        분일 때 그럴 거예요. 난 하이에나처럼 웃을 거예요,
        그것도 당신이 자고 싶을 때 그럴 거예요.   150

올랜도   하지만 나의 로절린드가 그렇게 할까요?

로절린드   분명히 내 말대로 할 거요.

올랜도   아, 하지만 그녀는 현명해요.

로절린드   안 그러면 그렇게 할 기지도 없겠지요. — 현명하면
        할수록 더 변덕, 고집 부려요. 여자의 기지에 빗장   155
        을 걸어 봐요, 창으로 빠져나갈 겁니다. 그걸 닫으면
        열쇠구멍으로 빠져나갈 거고 그걸 막으면 연기와
        함께 굴뚝으로 새 나갈 겁니다.

올랜도   그런 기지를 가진 아내를 둔 남자는 '기지야, 어딜

147행 분수 ... 디아나
디아나 여신은 꽤 인기 있는 분수 장식용 인물이었다. (RSC)

좋으실 대로

가려고?'라고 할 수 있겠네요.

로절린드   아뇨, 그렇게 제지하는 일은 이웃 사람 침대로 가고
있는 아내의 기지와 맞닥뜨릴 때까지 보류해야겠죠.

올랜도   그렇다면 기지는 무슨 기지로 그 일을 변명할 수
있죠?

로절린드   그야, 당신을 찾으러 거기로 왔다고 하죠. 그녀를 붙 165
잡았을 때 혀가 없지 않는 한 대답을 못 하는 일은
절대 없을 겁니다. 오, 자기의 잘못을 남편 탓으로
돌리지 못하는 여자에게 자기 자식을 직접 키우는
일은 절대 시키지 말아야죠, 애를 바보처럼 길러 낼
테니까요!   170

올랜도   앞으로 두 시간 동안 로절린드, 그대를 떠나 있을게요.

로절린드   아, 님이여, 난 그대 없이 두 시간을 보낼 순 없어요.

올랜도   정찬에서 공작님 시중을 들어야 한답니다. 두 시까
지 그대에게 돌아올게요.

로절린드   예, 갈 길 가요, 갈 길 가. 본색을 드러낼 줄 알고 있 175
었어요. 친구들이 그만큼은 말해 줬고 나 또한 그러
리라 생각했어요. 아첨하는 당신 혀가 내 마음을 얻
었어요. 한 사람이 버림받은 것뿐이니, 자, 죽음이여
오너라! 두 시라고 그랬어요?

올랜도   예, 귀여운 로절린드.   180

로절린드   진정으로, 아주 진지하게 하느님께 맹세코, 위험하
지 않은 모든 귀여운 서약에 걸고 만약 당신이 한 치
라도 약속을 어긴다면, 또는 일 분이라도 늦게 온다
면 난 당신을 불성실한 자들의 무리 전체에서 골라
낸 가장 지독한 약속 파괴범으로, 가장 부실한 연인 185
으로, 당신이 로절린드라 부르는 여인을 가질 만한
가치가 가장 없는 사람으로 생각할 겁니다. 그러니

	내 비난을 조심하고 약속을 지켜요.	
올랜도	그대가 실제로 나의 로절린드인 것에 못지않은 믿음으로 그러겠소. 그러니 안녕.	190
로절린드	글쎄요, 시간의 신이 그런 범법자들을 모두 조사하는 늙은 판관이니 시간더러 시험해 보라죠. 안녕.	

(올랜도 퇴장)

실리아	너의 그 사랑 타령에서 넌 우리 여성을 철저히 모욕했어. 우린 네 바지저고리를 머리 위로 까뒤집고 세상 사람들에게 이 새가 자기 둥지에 무슨 짓을 했는지 보여 줘야겠어.	195
로절린드	얘, 얘, 얘, 귀여운 내 꼬마 사촌아, 내가 몇 길이나 깊이 사랑에 빠졌는지 네가 알아줬으면! 하지만 그건 측정할 수 없어. — 내 애정은 포르투갈만처럼 밑바닥을 알 수 없거든.	200
실리아	그게 아니라 밑바닥이 없겠지, 그래서 애정을 쏟아붓자마자 흘러나가 버리겠지.	
로절린드	아냐. 환상으로 생겨났고 변덕으로 잉태되어 광기로 태어난 비너스의 바로 그 짓궂은 사생아, 자기 눈이 멀었다고 다른 모든 눈을 현혹시키는 저 파렴치한 맹인 소년, 걔더러 내가 얼마나 깊이 사랑에 빠졌는지 판단해 보라고 해. 단언할게 실향녀야, 난 올랜도 안 보고는 못 살아. 난 그늘이나 찾아가서 그이가 올 때까지 한숨 쉴래.	205
실리아	난 한잠 잘래. (함께 퇴장)	210

199행 포르투갈만
이곳의 바다는 아주 깊어 해안에서 40미터 떨어진 곳의 깊이가 2,500여 미터에

이른다고 한다. (아든)
206행 맹인 소년
눈을 가린 큐피드를 말한다.

4막 2장

자크, 귀족들과 산지기들 등장.

자크   이 사슴을 잡은 게 누군가?

귀족 1 예, 접니다.

자크   이 사람을 공작님께 로마의 정복자처럼 소개하게.
        그리고 승리의 가지 대신 사슴뿔을 그의 머리에 올
        려놓는 게 좋겠어. 산지기 자네에겐 이런 목적에 맞   5
        는 노래가 있잖은가?

귀족 2 있습니다.

자크   부르게. 가락이 맞는지는 상관없네. 소리만 충분히
        내면 되니까.

모두   (노래한다.)

                사슴 잡은 사람은 뭘 갖지?   10
                가죽 옷과 머리에 달 뿔이겠지.

자크   그러면 그를 노래하며 집으로 데려가게. 나머지는
        이 후렴을 부르고.

모두   (노래한다.)

                그대는 뿔 다는 걸 경멸 마라. ──
                그대가 태어나기 전에도 증표였다.   15
                    그대의 아비의 아비도 달았으니,
                    그리고 아비도 지니고 있었으니.
                그 뿔, 그 뿔, 활기찬 그 뿔은야
                비웃으며 경멸할 게 아니야!   (함께 퇴장)

4막 2장 장소
아든 숲속.

93

4막 3장

가니메데가 된 로절린드, 실향녀가 된 실리아 등장.

로절린드   이젠 뭐라고 할 거야? 두 시가 지났잖아? 근데 여기
             엔 올랜도가 많기도 하네.

실리아   분명히 말하는데 그는 순수한 사랑과 두통으로 활
             과 화살을 가지고 잠자려고 나갔어.

             (실비우스 등장.)

             저기 봐, 누가 왔나.   5

실비우스   고운 청년 당신에게 심부름 왔어요.
             친절한 피비가 이걸 주라 했답니다.
             내용은 모릅니다. 하지만 그걸 쓸 때
             그녀가 보였던 험상궂은 표정과
             말벌 같은 행동으로 헤아려 보건대   10
             화났다는 취지가 담겨 있소. 미안하오.
             난 단지 죄 없는 심부름꾼일 뿐이오.

로절린드   인내심의 화신조차 이 편지엔 깜짝 놀라
             고함을 지를 거야. 이것을 견디면 다 견뎌!
             그녀는 나더러 못생겼다, 버릇없다 하는군.   15
             오만해서 남자가 불사조만큼이나 귀해도
             날 사랑 못 한다나. 하느님 맙소사,
             내가 쫓는 토끼는 그녀의 사랑이 아니잖아.
             이런 걸 왜 썼지? 좋아요, 양치기, 좋아요,
             이 편지는 당신이 꾸며 낸 계책이오.   20

실비우스   분명코 아닙니다, 난 내용을 모르오.

4막 3장 장소
아든 숲속.

94

	쓴 사람은 피비요.
로절린드	원 이런, 당신은 바보요.
	그래서 사랑의 극단으로 몰렸어요.
	그녀 손을 봤는데 — 가죽 같은 손이었고
	떡돌 색깔 손이었소. — 내 생각엔 정말이지
	헌 장갑 같았는데 그녀의 손이었소.
	주부 손이었는데 — 하지만 그건 상관없어요.
	그녀는 절대로 이 편지를 창작하지 않았소.
	이것은 남자의 창작이고 글씨체요.
실비우스	그녀 것이 분명하오.
로절린드	아니 이건 요란하고 잔인한 문체로
	도전자의 문체요. 아니, 나에게 대들잖소,
	터키인이 기독교인 상대하듯. 온화한
	여성의 머리로 이렇게 왕 무식한 창작을
	모습보다 뜻이 더 불길한 칠흑 말을
	내뱉을 순 없답니다. 편지를 읽을까요?
실비우스	그러시죠. 난 아직 못 들어 봤으니까.
	하지만 피비의 잔인성은 너무 많이 들었소.
로절린드	내게도 잔인하오. 폭군 서체 주목하오.
	(읽는다.) 처녀 가슴 타오르게 만든 그대,
	양치기로 모습 바꾼 신인가요?
	여자가 이렇게 욕할 수 있나요?
실비우스	이것을 욕이라고 합니까?
로절린드	(읽는다.) '왜 그대는 신성을 내려놓고
	여자의 마음과 싸우나요?'
	이런 욕을 들어 본 적 있어요?
	'사람 눈이 제게 구애했을 땐
	아무 피해 없었어요.'

숫자(행번호): 25, 30, 35, 40, 45

　　　　　　　　　── 이건 내가 짐승이란 뜻인데, ──

　　　　　　　　　'빛나는 당신 눈이 경멸로써　　　　　　　50
　　　　　　　　　제 사랑을 일으킬 힘 있다면
　　　　　　　　　아, 부드럽게 바라보면 얼마나
　　　　　　　　　놀라운 효과를 낳겠어요?
　　　　　　　　　꾸중 듣고 저는 사랑했으니
　　　　　　　　　기도해 주시면 어떻게 되겠어요?　　　　55
　　　　　　　　　그대에게 이 사랑을 전하는 자,
　　　　　　　　　제 사랑은 조금도 몰라요.
　　　　　　　　　그를 통해 그대 마음 정하세요.
　　　　　　　　　그대의 청년다운 마음으로
　　　　　　　　　이 몸과 제 벌이를 다 내놓는　　　　　　60
　　　　　　　　　충실한 이 제안을 택하든지
　　　　　　　　　그를 통해 제 사랑을 거절해요.
　　　　　　　　　그럼 저는 죽는 법을 배울게요.'

실비우스　　이것을 꾸중이라 합니까?

실리아　　　　　　　　　　　　아, 불쌍한 양치기!

로절린드　　그를 동정해? 하지 마, 동정받을 자격 없어. 그런 여　　65
잘 사랑해요? 아니, 당신을 악기 삼아 거짓된 음악
을 연주했는데도? 참을 수 없는 일이오! 하지만 그
녀에게 가요, 당신은 사랑에 길든 뱀 같아 보이니까.
그리고 그녀에게 말해요. 그녀가 날 사랑한다면 난
그녀에게 당신을 사랑하라 명한다고. 그럭하지 않으　　70
면 당신이 그녀를 편들면서 애원하지 않는 한 난 절
대 그녀를 안 볼 거라고. 당신이 참된 연인이라면 어
서 가요. 아무 말 말고. 여기 동무가 더 오니까.

　　　　　　　　　　　　　　　　　　　　(실비우스 퇴장)

　　(올리버 등장.)

올리버	좋은 아침, 고운 분들. 안다면 말해 줘요.
	이 숲 주변 어디에 양치기 움막이
	올리브 울타리에 둘러싸여 서 있지요?
실리아	이곳에서 서쪽으로, 이 옆 계곡 아래쪽
	흐르는 냇물가의 무성한 버들을
	오른손 편으로 지나면 그곳에 이릅니다.
	하지만 이 시각엔 아무도 없으니까
	그 집만 홀로 있죠.
올리버	눈이 만약 언어의 도움을 받는다면
	난 당신을 설명으로, 그 복장과 연령으로
	알아야 할 것 같소. '소년은 아름답고
	여자 같은 얼굴로 그의 행동거지는
	성숙한 누이 같소. 여자는 오빠보다
	좀 더 작고 갈색이오.'
	(로절린드에게) 내가 찾고 있었던
	그 집의 주인이 당신들 아닙니까?
실리아	묻는데 우리라고 답해도 자랑은 아니죠.
올리버	올랜도가 두 분에게 안부를 전하고
	자기의 로절린드라고 하는 청년에게
	피 묻은 이 손수건 보냅니다. 당신이죠?
로절린드	예. 우리가 이걸 어찌 이해해야 하나요?
올리버	내 수치의 일부로요. 만약 내가 누구이고
	어떻게, 왜, 어디서 손수건이 물든 건지
	들으신다면요.
실리아	청컨대 말을 해 보세요.
올리버	올랜도가 당신들을 조금 전 떠났을 때
	한 시간 안으로 되돌아오겠다는
	약속을 남기고는 달콤하고 씁쓰레한

75

80

85

90

95

사랑 음식 씹으며 숲속을 거닐다가　　　　　　　　100
자, 일이 생겼답니다. 그가 눈을 돌렸는데
뭐가 나타났는지 잘 들어 보십시오.
가지엔 세월로 이끼 끼고 꼭대기는
늙고 말라 벌거벗은 참나무 고목 아래
더부룩한 머리칼의 가엾은 누더기 남자가　　　　105
누워 자고 있었고, 그 사람 목둘레를
푸르고 누런 뱀이 칭칭 감고 있었는데
날렵하게 협박하는 머리를 쳐들고
그의 입 쪽으로 다가갔죠. 하지만 갑자기
올랜도를 보고는 감은 몸을 풀고서　　　　　　110
꾸불꾸불 기면서 나무 덤불 속으로
매끄럽게 사라졌고, 그 덤불 그늘에는
젖을 다 빨려 버린 암사자 한 마리가
머리를 땅에 대고 자고 있는 사람이
움직이는 순간을 괭이처럼 기다렸답니다.　　　115
왜냐하면 그 짐승의 성품은 제왕과 같아서
죽은 듯 보이는 건 안 잡아먹으니까.
이걸 본 올랜도는 그에게 다가갔고
그 사람이 자기 형, 맏형인 걸 알았지요.

실리아　　　아, 그가 그 형 얘기 하는 걸 들었어요.　　120
인간들 틈에서 살았던 최고로 몰인정한
사람이라 했는데.

올리버　　　　　　　　그럴 만도 하지요,
그가 몰인정했던 건 내가 잘 아니까요.

로절린드　　하지만 올랜도는 그 사람을 떠났어요?
젖 빨리고 배고픈 암사자 밥 되라고?　　　　　125

올리버　　　그럭할 작정으로 두 번이나 등 돌렸죠.

좋으실 대로

98

	하지만 언제나 복수보다 더 고귀한 친절과
	절호의 기회보다 더 강한 천륜 덕에
	그는 그 암사자와 싸움을 벌였으며
	그건 곧 그의 앞에 쓰러졌고 그 소동에 130
	난 불행한 잠에서 깨어나게 됐지요.
실리아	당신이 그 형이오?
로절린드	그이가 구한 게 당신이오?
실리아	그리 자주 동생 죽음 꾀했던 게 당신이오?
올리버	나였소. 하지만 난 아니오. 내가 어떠했는지
	말해도 부끄럽지 않은데, 지금의 나로선 135
	내 개심이 너무나 달콤하기 때문이오.
로절린드	하지만 피 묻은 손수건은?
올리버	곧 말하죠.
	우리 두 사람이 지난 일들 얘기하며
	처음부터 끝까지 눈물에 젖었을 때 ―
	예컨대, 내가 어찌 그 황야로 왔는지 ― 140
	요약하면 그는 날 공작님께 인도했고
	그분은 저에게 새 옷에 환대를 해 주시며
	저를 제 동생의 사랑에 맡겼는데
	그는 곧장 자기 굴로 나를 인도하였고
	거기에서 옷을 벗자 여기 그의 팔뚝 살을 145
	암사자가 좀 뜯어 먹었는데 거기에서
	피가 줄곧 났었지요. 이제 그는 기절했고
	가냘픈 목소리로, 로절린드, 외쳤어요.
	요약하면 동생을 되살려 상처를 묶어 주니
	시간이 좀 지난 뒤 심장이 튼튼해져 150
	낯선 사람이지만 나를 여기 보냈어요,
	이 얘기를 함으로써 그가 어긴 약속을

당신이 관대히 봐주도록, 또한 이 손수건을
자기 피로 물든 건데 자기가 장난 삼아
로절린드라고 하는 양치기에게 주도록.   155

(로절린드 기절한다.)

실리아   아니, 이런, 가니메데! — 친절한 가니메데!

올리버   피를 보고 기절하는 사람도 많답니다.

실리아   그게 다가 아니에요. 사촌 오빠 — 가니메데!

올리버   보시오, 정신을 되찾았소.

로절린드 집에 있었더라면 좋았을걸.   160

실리아   우리가 데려갈게.
          — 부탁인데, 그 팔 좀 붙잡아 주실래요?

올리버   기운 내요, 젊은이. 당신이 남자요?
          남자의 심장이 없군요.

로절린드   그렇소, 고백하오.
          아, 이봐요, 이걸 멋진 흉내라고 생각하는 사람도 있   165
          을 거요. 동생에게 내가 얼마나 멋지게 흉내 냈는지
          꼭 얘기해 주시오. 아이고 —

올리버   이건 흉내가 아니었소. 진지한 감정이란 증거가 당
          신의 얼굴빛에 너무나 뚜렷하오.

로절린드 분명히 말하지만 흉내요.   170

올리버   그렇다면 마음을 굳게 먹고 남자 흉내를 내 보시오.

로절린드 그러고 있소. 하지만 난 정말 당연히 여성이어야 하
          는데.

실리아   가, 점점 더 창백해 보여. 제발 집으로 가자. 저, 당신
          도 우리와 함께 가요.   175

올리버   그러겠소. 로절린드 당신이 내 동생을 어떻게 용서
          할지 대답을 전해야 하니까요.

로절린드 뭔가를 궁리해 보죠. 하지만 제발 그에게 내 흉내를

칭찬해 주시오. 가시겠소?　　　　　　　(함께 퇴장)

5막 1장

터치스톤과 오드리 등장.

터치스톤	때가 올 거야, 오드리. 참아, 친절한 오드리.
오드리	정말 그 신부로 충분하고 남았는데, 그 늙은 신사가 무슨 말을 했던 간에.
터치스톤	매우 사악한 올리버야, 오드리, 매우 더러운 말씀 망쳐 신부라고! 하지만 오드리, 여기 숲속에 너를　　5 요구하는 젊은이가 있어.
오드리	예, 그게 누군지 알아요. 그는 내게 세상 어떤 권리 도 없어요.
	(윌리엄 등장.)
	여기 당신이 말하는 그 사람이 오네요.
터치스톤	나야 촌뜨기를 밥과 술 보듯 하지. 맹세코 우리처럼　10 기지가 뛰어난 사람들은 설명할 게 많아. 놀려 주고 말 거야, 참을 수 없지.
윌리엄	좋은 저녁이야, 오드리.
오드리	좋은 저녁 맞이해, 윌리엄.
윌리엄	그리고 좋은 저녁 맞으십쇼.　　　　　　　　　　　15
터치스톤	좋은 저녁일세, 귀한 친구. 모자를 쓰라고, 모자를 써. 아냐, 제발 모자를 쓰라고. 친구, 자네 나이가 몇인가?

5막 1장 장소
아든 숲속.

윌리엄	스물다섯입니다요.
터치스톤	무르익은 나이야. 자네 이름이 윌리엄인가? 20
윌리엄	윌리엄입니다요.
터치스톤	고운 이름이군. 여기 이 숲에서 태어났고?
윌리엄	예, 고맙게도요.
터치스톤	'고맙게도.' — 괜찮은 응답이야. 부자인가?
윌리엄	실은 저, 그저 그렇습니다요. 25
터치스톤	'그저 그렇다.' 좋았어, 아주 좋아, 굉장해. — 하지만 아냐, 그저 그럴 뿐이야. 자넨 현명해?
윌리엄	예, 기지가 꽤 많습니다요.
터치스톤	그래, 말 잘했어. 이제야 '바보는 자기가 현명하다고 생각하지만 현자는 자기가 바보인 줄 안다.'라는 말씀이 생각나는군. 그 이교도 철학자는 포도가 먹고 싶을 때면 그걸 입안에 넣을 때 입술을 벌리곤 했는데, 그럼으로써 포도는 먹으라고 있고 입술은 벌리라고 있다는 뜻을 나타냈지. 이 처녀를 정말 사랑해? 30
윌리엄	그렇습니다요. 35
터치스톤	나와 악수하지. 자네는 유식한가?
윌리엄	아닙니다요.
터치스톤	그럼 내게서 이걸 배우게. 갖는 건 갖는 거야. 왜냐하면 술을 컵에서 잔으로 부으면 한쪽을 채움으로써 다른 쪽을 비운다는 게 수사법의 하나이기 때문이지. 왜냐하면 모든 작가들은 '본인'이 '그'라는 데 정말 동의하기 때문이지. 그런데 넌 그 '본인'이 아냐, 내가 그니까. 40

31행 이교도 철학자
확인되지 않은 사람. 이는 터치스톤의 마구잡이 학식의 일부로서 소크라테스의 지혜를 짓이겨 보여 준다. (아든)

좋으실 대로

윌리엄	어느 그 말입니까요?
터치스톤	이 여자와 결혼해야 하는 그 말이지. 그러므로 너 45
	촌뜨기는 이 여성, 속된 말로는 여자와 교제, 시골말
	로는 동무하기를 포기, 상스러운 말로는 버리기를
	하고, 이걸 다 합쳐 '이 여성과 교제를 포기해.' 안
	그러면 너 촌뜨기는 소멸! 또는 네가 더 잘 이해하
	는 말로 죽을 거다. 또는 (다시 말하면) 내가 널 죽 50
	이고 없애 버리고 네 삶을 죽음으로, 그리고 네 자
	유를 속박으로 전환할 거다. 난 너와 독약이나 몽둥
	이 또는 칼로 거래할 거야. 난 작당하여 너와 맞붙
	을 것이고 계책으로 너를 압도 할 것이며 일백오십
	가지 방법으로 널 죽일 거야! 그러니 벌벌 떨고 떠 55
	나라.
오드리	그렇게 해, 윌리엄.
윌리엄	안녕히 계세요. (퇴장)

(코린 등장.)

코린	우리 주인님과 아가씨가 당신을 찾으십니다. 어서
	가요, 어서! 60
터치스톤	사뿐히, 오드리, 사뿐히 걸어가, 오드리! 난 따를게,
	따를게. (함께 퇴장)

5막 2장

올랜도와 올리버 등장.

올랜도	그런 일이 가능해요, 안면이 거의 없는데도 형이 그
	녀를 좋아했다고요? 보기만 했는데 사랑했고 사랑

| | 해서 구애했고 구애하니까 허락했고, 그래서 그녀를 얻기 위해 끝까지 버틸 거라고요? |
| 올리버 | 이번 일의 경솔함이나 그녀의 가난, 짧은 안면, 갑작 5 스러운 나의 구애, 갑작스러운 그녀의 동의를 문제 삼지 말고 나와 함께 말해 줘, 실향녀를 사랑한다고. 그녀와 함께 말해 줘, 나를 사랑한다고. 우리가 서로를 얻을 수 있도록 양쪽에 동의해 줘. 그게 네게도 좋을 거야. 난 아버지의 집과 옛 롤런드 경의 10 소유였던 모든 재산을 네게 양도하고 여기에서 양치기로 살다 죽을 테니까. |

(로절린드 등장.)

올랜도	전 동의합니다. 결혼식을 내일로 잡으세요. 거기에 공작님과 만족해하는 추종자 모두를 초대하겠습니다. 가서 실향녀를 준비시켜요, 왜냐하면 봐요, 여기 15 나의 로절린드가 오니까요.
로절린드	복 많이 받으세요, 매제.
올리버	아름다운 처형도요. (퇴장)
로절린드	오, 사랑하는 나의 올랜도, 당신이 심장을 천으로 감싼 걸 보니 참으로 가슴 아파요! 20
올랜도	내 팔인데요.
로절린드	난 당신 심장이 사자 발톱으로 상처를 입었다고 생각했어요.
올랜도	상처는 입었지만 어떤 숙녀의 눈이 그랬지요.
로절린드	형님이 당신 손수건을 내게 보여 줬을 때 내가 어떻 25 게 기절하는 흉내를 냈는지 말해 줬어요?
올랜도	예, 그리고 그보다 더 경이로운 일도.

5막 2장 장소
아든 숲속.

좋으실 대로

로절린드 아, 무슨 얘긴지 알아요. 암요, 맞습니다. 두 마리
숫양의 싸움과 '왔노라, 보았노라, 이겼노라.'라는
시저의 호언장담 말고는 이처럼 갑작스러운 일은 30
절대 없었지요. 당신 형님과 내 누이는 만나자마자
보았고, 보자마자 사랑했으며, 사랑하자마자 한숨
을 쉬었고, 한숨을 쉬자마자 서로에게 그 이유를
물었으며, 이유를 알자마자 구제책을 찾았기 때문
이랍니다. 그리고 이런 단계로 그들은 결혼에 이르 35
는 일련의 계단을 만들었고 거기를 무절제하게 오
를 겁니다. 안 그러면 결혼하기 전에 무절제해질 테
니까요. 그들은 격심한 사랑의 한가운데 있고 그래
서 합칠 작정이랍니다. 몽둥이로도 둘을 떼어 놓을
수 없어요. 40

올랜도 그들은 내일 결혼할 겁니다, 난 공작님을 혼례에 모
실 거고요. 하지만, 아, 다른 사람의 눈을 통해 행복
을 세심하게 살피다니 이 얼마나 씁쓰레한 일이오!
난 내일 형이 원하는 걸 가져서 얼마나 행복할까 생
각하면 할수록 마음의 무거움이 최고조에 이르게 45
될 것이오.

로절린드 아니 그럼, 내일은 내가 당신에게 로절린드 역을 할
수 없단 말이오?

올랜도 난 더 이상 상상하며 살 순 없소.

로절린드 그렇다면 나도 한가로운 얘기로 당신을 더 이상 피 50
곤하게 만들진 않겠소. 그러니 알아 두시오 — 난
이제 어떤 의도가 있어 말하니까 — 난 당신을 이해
력이 뛰어난 신사로 알고 있소. 이는 당신이 그런 줄
로 안다고 내가 말하는 한 당신이 내 학식을 좋게
평가할 거라고 해서 하는 말이 아니오. 또한 내 영 55

예가 아니라 당신에게 좋은 일을 하기 위해 당신의
믿음을 좀 이끌어 내는 것 이상의 평판을 얻으려고
애쓰지도 않소. 그럼 아무쪼록 내가 이상한 일을 할
수 있다고 믿으시오. 난 세 살 적 이래로 대단히 심
원하지만 영벌받을 정도는 아닌 술법을 가진 마법 60
사와 사귀었답니다. 만약 당신이 몸짓으로 외치고
있는 만큼 로절린드를 마음 깊이 사랑한다면 당신
형이 실향녀와 결혼할 때 당신도 그녀와 결혼할 것
이오. 난 그녀가 어떤 운명의 질곡에 빠져 있는지
압니다. 그래서 당신에게 부적절한 일이 아니라면 65
내일 내가 그녀를 실제 인간으로 아무런 위험 없이
당신 앞에 세우는 게 불가능하진 않소이다.

올랜도   진지하게 하는 말이오?

로절린드   내 목숨 걸고 그렇소, 내가 비록 마법사를 자칭하지
         만 그건 소중히 여긴다오. 그러니 가장 잘 차려입고 70
         친구들을 청하시오. 왜냐하면 내일 결혼하겠다면
         시켜 줄 테니까, 게다가 원한다면 로절린드와 말이오.

         (실비우스와 피비 등장.)

         저 봐요, 내 애인과 그녀의 애인이 오는군요.

피비   젊은이여, 내가 쓴 편지를 다 보여 주다니
         당신은 나에게 큰 실례를 했어요.   75

로절린드   했대도 상관없소. 당신에게 심술궂고
         불친절해 보이는 게 내가 하는 공부요.
         거기 그 충실한 양치기가 당신을 따르잖소.
         쳐다보고 사랑해요, 당신 숭배하니까.

피비   양치기야, 사랑이 뭔지 이이에게 말해 줘.   80

실비우스   그건 온통 한숨과 눈물로 가득한데
         나 또한 피비에게 그렇소.

피비   나 또한 가니메데에게.

올랜도   나 또한 로절린드에게.

로절린드   나 또한 있지 않은 여자에게.   85

실비우스   그건 온통 믿음과 헌신으로 가득한데
        나 또한 피비에게 그렇소.

피비   나 또한 가니메데에게.

올랜도   나 또한 로절린드에게.

로절린드   나 또한 있지 않은 여자에게.   90

실비우스   그건 온통 환상으로 가득하고
        모든 열정 그리고 소망으로 가득하고
        모든 예배, 모든 복종 그리고 모든 존경
        모든 겸손, 모든 인내 그리고 모든 안달
        모든 순수, 시험과 존경으로 가득한데   95
        나 또한 피비에게 그렇소.

피비   나 또한 가니메데에게.

올랜도   나 또한 로절린드에게.

로절린드   나 또한 있지 않은 여자에게.

피비   (로절린드에게)
      그럼 내가 당신 사랑한다고 왜 꾸짖죠?   100

실비우스   (피비에게) 그럼 내가 당신 사랑한다고 왜 꾸짖지?

올랜도   그럼 내가 당신 사랑한다고 왜 꾸짖죠?

로절린드   당신은 ‘그럼 내가 당신 사랑한다고 왜 꾸짖죠?’라
        는 말을 누구에게 합니까?

올랜도   여기에 있지도 듣지도 못하는 그녀에게.   105

로절린드   제발 그만두시오, 이건 마치 아일랜드 늑대들이 달
        보고 울부짖는 것 같군요. (실비우스에게) 가능하면
        당신을 돕겠소. (피비에게) 가능하면 당신을 사랑
        하겠소.— 내일은 모두 함께 나를 만나시오. (피비

에게) 내가 언젠가 여자와 결혼한다면 당신과 할 텐 110
데 난 내일 결혼할 것이오. (올랜도에게) 내가 언젠
가 남자를 만족시킨다면 당신을 만족시킬 텐데 당
신은 내일 결혼하게 될 것이오. (실비우스에게) 당신
에게 기쁜 일이 당신에게 흡족하면 흡족하게 해 줄
텐데 당신은 내일 결혼하게 될 것이오. (올랜도에게) 115
당신은 로절린드를 사랑하니까 만나요. (실비우스에
게) 당신은 피비를 사랑하니까 만나요. — 그리고
난 있지 않은 여자를 사랑하니까 만나겠소. 그럼 잘
들 가시오. 난 당신들에게 지시를 남겼소.

실비우스 사는 한 어기지 않겠소.

피비 나도.

올랜도 나도. (함께 퇴장) 120

5막 3장

터치스톤과 오드리 등장.

터치스톤 내일은 즐거운 날이야, 오드리. 우린 내일 결혼하게
될 거야.

오드리 난 그걸 정말 진심으로 원하고 이 세상 여자가
되길 소원하는 것이 깨끗지 못한 소원은 아니기
바랍니다. 5
(두 시동 등장.)
여기에 추방된 공작님의 두 시동이 왔네요.

5막 3장 장소
아든 숲속.

시동 1	정직한 신사분, 잘 만났습니다.
터치스톤	정말 잘 만났소. 자, 앉아요, 앉아, 그리고 노래 한 곡 해 줘요.
시동 2	좋습니다, 가운데 앉으세요.
시동 1	저희 둘이 곧바로 손뼉 치며 시작할까요, 목청 가다 듬고 침 뱉거나 목쉬었다고 하지 않고요? 그건 목소 리가 나쁘다는 전주곡일 뿐이니까요.
시동 2	진짜야, 진짜, 그래서 한 말 등에 탄 두 집시처럼 한 곡조로 노래하자.
시동들	(노래한다.)

연인과 그의 애인 둘이서
  야 하고 호 하고 다시 야호 부르며
푸른 밀밭 가로질러 걸었다네.
  때는 봄, 화촉을 밝히기 참 좋아.
지지배배, 지지배배 새들은 노래하고
  달콤한 연인들은 봄이 좋아.

넓은 저 들판의 호밀밭 둑 위에
  야 하고 호 하고 다시 야호 부르며
이 예쁜 촌사람들 몸 뉘고 싶다네.
  때는 봄, 화촉을 밝히기 참 좋아.
지지배배, 지지배배 새들은 노래하고
  달콤한 연인들은 봄이 좋아.
그들은 이 노래를 그때 시작했다네,
  야 하고 호 하고 다시 야호 부르며,
인생은 한 송이 꽃일 뿐이니까.

14행 집시
숙련된 기수들로 종종 지그 노래와 함께 언급된다. (아든)

때는 봄, 화촉을 밝히기 참 좋아.
지지배배, 지지배배 새들은 노래하고
달콤한 연인들은 봄이 좋아.

그러니까 이 순간을 잡아야지
　　　야 하고 호 하고 다시 야호 부르며　35
사랑의 호시절이 왔으니까.
　　　때는 봄, 화촉을 밝히기 참 좋아.
지지배배, 지지배배 새들은 노래하고
달콤한 연인들은 봄이 좋아.

터치스톤　정말로, 어린 신사분들, 가사에 대단한 내용이 없었　40
　　　는데도 음이 아주 안 맞았어요.
시동 1　속으신 겁니다. 저흰 박자를 맞추었고 박자를 놓치
　　　지도 않았어요.
터치스톤　맹세코, 놓쳤어요. 그리고 이런 어리석은 노래를
　　　듣는 건 시간 놓치기라고 봐요. 잘 있어요, 그리고　45
　　　제발 그 목소리 좀 고쳐요. 가자, 오드리.(함께 퇴장)

5막 4장

원로 공작, 에이미언스, 자크, 올랜도, 올리버 및
실향녀가 된 실리아 등장.

원로 공작　올랜도 자네는 이 소년이 약속한 것
　　　모두를 다 해낼 수 있다고 믿는가?
올랜도　희망이 두렵고 두려움을 아는 사람들처럼
　　　정말 때론 믿다가 때론 믿지 않습니다,

(가니메데가 된 로절린드, 실비우스, 피비 등장.)

로절린드   계약을 확인할 동안에 한 번 더 참으시죠.   5

(공작에게) 당신은 제가 만약 로절린을 데려오면

여기 올랜도에게 주겠다고 하셨지요?

원로 공작   그녀와 함께 줄 왕국이 몇 있대도 그러겠네.

로절린드   (올랜도에게)

당신은 내가 그녀 데려오면 받는다 했지요?

올랜도   이 몸이 모든 왕국 왕이라도 그럴 거요.   10

로절린드   (피비에게) 당신은 내 뜻 따라 나와 결혼한다 했죠?

피비   그런 다음 곧바로 죽는대도 그럴 거요.

로절린드   하지만 당신이 나와 결혼 거부하면

최고로 충실한 이 양치기에게 자신을 줄 거죠?

피비   그렇게 거래했죠.   15

로절린드   (실비우스에게)

당신은 피비가 원하면 그녀를 가질 거죠?

실비우스   그녀를 갖는 것과 죽음이 하나일지라도.

로절린드   저는 이 모든 걸 정리하겠노라고 약속했죠.

공작님, 딸을 준단 언약을 지키세요.

올랜도 당신은 받겠다는 언약을 지키고.   20

피비는 나와 결혼하든지 거절하면

여기 이 양치기와 한다는 언약을 지켜요.

실비우스, 피비가 나를 거절한다면 그녀와

결혼한단 언약을 지켜요. 이 모든 의문을

정리하기 위하여 저는 잠시 떠납니다.   25

(로절린드와 실리아 함께 퇴장)

원로 공작   이 양치기 소년은 내 딸이 보였던

5막 4장 장소
아든 숲속.

몇 가지 발랄한 모습을 생각나게 한다네.

올랜도 공작님, 제가 그를 처음 만나 보았을 때
전 그가 따님의 형제라고 생각했죠.
하지만 공작님, 이 소년은 숲에서 태어났고 30
그의 말에 의하면 위대한 마법사인
그의 삼촌에게서 여러 가지 위험한 공부의
초보적 기술을 배웠는데 그분은
이 숲의 테두리 안에서 숨어 지냈답니다.

(터치스톤과 오드리 등장.)

자크 분명코 또 한 번의 대홍수가 멀지 않았어, 그래서 35
이 암수 짝들이 방주로 오고 있어. 여기 아주 이상
한 짐승 한 쌍이 오는데 어느 나라 말로든 바보라고
부르겠지.

터치스톤 여러분 모두에게 인사드립니다.

자크 공작께선 이 사람을 환영해 주시게. 내가 숲속에서 40
정말 자주 만났던 색동옷 마음의 신사라네. 맹세코
자기는 한때 궁정인이었다고 하네.

터치스톤 그걸 의심하는 사람이 있으면 제 무죄를 그가 입증
하라지요. 전 박자도 밟아 봤고 귀부인께 아첨도 해
봤으며 친구에게 술책도 부려 봤고, 적은 싹싹하게 45
대했으며 세 명의 양복장이를 파산시켰고 네 번 말
다툼을 했는데 한 번은 싸울 뻔했답니다.

자크 그래서 어떻게 수습했나?

터치스톤 실은 만나서 알고 보니 그 말다툼은 일곱 번째 이유
때문이었답니다. 50

자크 어째서 일곱 번째인가? ─ 공작은 이 친구를 좀 좋
아해 주시게.

원로 공작 많이 좋아하고 있다네.

터치스톤	복 많이 받으십시오, 저도 같은 마음입니다. 저도 여
	기 나머지 시골 교접꾼들 가운데 비집고 들어와 결 55
	혼으로 맺고 혈기로 끊는 법칙에 따라 맹세를 하고
	는 저버릴까 합니다. ― 가난한 처녀가 나리, 못생긴
	것인데, 나리, 하지만 제 것이죠. 전 하찮은 제 변덕
	을 좋아서, 나리, 누구도 원치 않는 것을 가집니다.
	진주가 더러운 굴 속에 들어 있듯이 값비싼 순결은 60
	구두쇠처럼, 나리, 가난한 집에 산답니다.
원로 공작	정말이지, 이 친구 아주 재빠르고 경구를 잘 쓰는군.
터치스톤	바보가 쏘는 화살과, 나리, 그로 인한 화류병에 따
	라서요.
자크	하지만 그 일곱 번째 이유 말인데, 어떻게 그 말다 65
	툼이 일곱 번째 이유 때문인 줄 알았나?
터치스톤	일곱 번을 옮겨 다닌 거짓말 때문인데 ― 몸가짐을
	좀 더 점잖게 해, 오드리 ― 나리, 이렇게요. 제가 어
	떤 궁정인의 수염 자른 모양을 정말 싫어했죠. 그는
	기별을 보내 자기가 수염을 잘못 잘랐다고 한다면 70
	그런 줄 알겠다고 합니다. 이것을 예의 바른 반박이
	라 부릅니다. 제가 다시 기별을 보내 잘못 잘랐다고
	하면 그도 기별을 보내 그는 자기만족 때문에 수염
	을 잘랐다고 합니다. 이것을 적당한 비꼬기라 부릅
	니다. 또다시 잘못 잘랐다고 하면 그는 제 판단력을 75
	헐뜯습니다. 이것을 무뚝뚝한 응답이라 부릅니다.
	또다시 잘못 잘랐다고 하면 그는 제가 사실을 말하
	지 않는다고 대답합니다. 이것을 용감한 질책이라
	부릅니다. 또다시 잘못 잘랐다고 하면 그는 제가 거

63행 **바보가 … 화살**
바보가 날리는 기지라는 화살과, 남성 성기 및 사정의 비유, 두 가지를 내포한 말.

	짓말한다고 합니다. 이것을 싸움 거는 반박이라 부	80
	릅니다. ─ 그리고 이런 식으로 에두르는 거짓말에	
	서 노골적인 거짓말로 가지요.	
자크	그런데 자네는 그가 수염을 잘못 잘랐다고 몇 번이	
	나 말했나?	
터치스톤	전 에두르는 거짓말 이상은 감히 못 했고 그 사람도	85
	감히 제게 노골적인 거짓말은 못 했지요. 그래서	
	우린 칼만 겨누어 보고 헤어졌답니다.	
자크	이젠 거짓말의 단계를 순서대로 명명해 줄 수 있	
	겠나?	
터치스톤	오, 나리, 저희들은 적힌 대로, 책에 따라, 예절책에	90

있는 대로 말다툼합니다. 그 단계별 이름을 말하지요. 첫째는 예의 바른 반박이고 둘째는 적당한 비꼬기, 셋째는 무뚝뚝한 응답, 넷째는 용감한 질책, 다섯째는 싸움 거는 반박, 여섯째는 에두르는 거짓말, 일곱째는 노골적인 거짓말입니다. 이 모두는 노 95 골적인 거짓말만 빼고는 다 피할 수 있는데, 그것도 '만약에'가 붙으면 피할 수 있답니다. 제가 알기로 일곱 명의 판사들이 말다툼 하나를 해결하지 못하다가 당사자들이 다 모였을 때 한 사람이 그저 '만약에'란 말을 '만약에 당신이 그렇게 말했다면 나도 100 그렇게 말했소.'라고 할 때처럼 생각했고, 그래서 그들은 악수하고 결의형제했답니다. 그 '만약에'란 것이 둘도 없는 중재자랍니다. '만약에'는 효력이 크답니다.

자크	공작, 이거 정말 드문 친구가 아닌가? 그는 뭐든지	105
	잘하는데 그래도 바보일 뿐이라네.	
원로 공작	그는 자기 바보짓을 은폐물처럼 쓰면서 그 뒤에	

숨어서 자기 기지를 쏘는군.

(히멘, 원래 모습의 로절린드 및 실리아와 함께 등장.)

(조용한 음악.)

히멘	지상의 일들이 정리되고
	다 함께 화해할 때
	하늘엔 기쁨이 있으리라.
	공작은 따님을 받으시오,
	히멘이 하늘에서 데려왔소.
	가슴속에 심장 가진 그의 손과
	그녀 손을 그대가 합치도록
	그렇지요, 이리로 데려왔소.
로절린드	(공작에게) 저는 당신 것이니까 당신께 드립니다.
	(올랜도에게) 저는 당신 것이니까 당신께 드립니다.
원로 공작	보이는 게 사실이면 너는 내 딸이구나.
올랜도	보이는 게 사실이면 당신은 내 로절린드요.
피비	보이는 모습이 사실이면
	내 사랑 그대여, 잘 가요.
로절린드	당신이 아니면 아버지는 없을 테고
	당신이 아니면 남편은 없을 테며
	당신 아닌 여자와는 절대 결혼 않겠소.
히멘	조용하라! 혼란을 금하노라.
	몹시도 이상한 이 사건은
	내가 결론 내리리라.
	진실 속에 진실이 담겼다면
	여기 있는 여덟은 손을 잡고
	히멘의 무리와 합쳐야 하리라.

110

115

120

125

130

108행 무대 지시문, 히멘
결혼의 신.

(실리아와 올리버에게)

그대와 그대는 고난이 못 가르고

(로절린드와 올랜도에게)

그대와 그대는 마음을 합쳤도다.

(피비에게) 자네는 그의 사랑 따르든지

여자를 낭군으로 맞아야 하리라.   135

(오드리와 터치스톤에게)

겨울과 궂은 날씨 함께 오듯

자네와 자네는 분명히 하나로다.

우리가 혼인 축가 부르는 동안에

서로서로 질문을 해 보라,

우리 만난 사연을 이치로 풀어서   140

놀라움을 줄이고 이 일을 끝내도록.

(노래.)

혼사는 위대한 주노의 왕관이니

오, 축복받을 숙식의 계약이여.

히멘이 도시를 사람으로 채우나니

엄숙한 혼인을 공경할지어다.   145

온 마을의 신이신 히멘께 공경과

드높은 공경과 명성을 바치라.

원로 공작   오, 사랑하는 질녀야, 내 너를 환영한다,

딸인 것에 못지않은 정도로 환영한다.

피비   약속을 어기진 않을게, 넌 이제 내 거야.   150

네 믿음이 내 사랑을 너와 합쳐 놓았어.

(둘째 동생, 자크 드 보이스 등장.)

자크 드 보이스   제 말을 한두 마디 경청해 주십시오.

이 멋진 모임에서 소식을 전하는 이 몸은

옛 롤런드 경의 둘째 아들이랍니다.

뛰어난 분들이 이 숲으로 매일매일   155
들어간단 소식 들은 프레더릭 공작은
여기 계신 형을 잡아 그를 칼로
베어 버릴 목적으로 대군을 모집하여
자신의 지휘 아래 출정을 했으며
여기 이 불모의 숲 근처까지 왔는데   160
거기에서 신심 깊은 한 노인을 만나서
그분과 몇 마디 대화를 나눈 뒤에
자신의 계획과 세상을 등지게 됐답니다.
왕권은 추방당한 형에게 넘겨주고
그와 함께 망명한 분들의 토지는 모두 다   165
돌려주었답니다. 감히 제 목숨 걸고
이건 사실입니다.

원로 공작   젊은이여, 잘 왔네.
형제들의 결혼식에 좋은 선물 내놓았어.
누구에겐 묶인 땅을; 또 누구에게는
강력한 왕국인 큰 나라 전체를 말일세.   170
그럼 먼저 이 숲에서 그 시작과 발상이
좋았던 일들을 마무리해 놓읍시다.
그런 다음 짐과 함께 모진 낮밤 견디었던
행복한 이 동료들 하나하나 모두에게
그 지위와 재산의 등급에 따라서   175
짐은 이 돌아온 행운을 나눠 줄 것이오.
그때까진 새로 생긴 이 왕권은 잊은 채
짐의 이 촌 잔치에 푹 빠져 봅시다.
음악을 연주하라! 그리고 신랑 신부 모두는
넘치는 기쁨으로 춤을 추기 시작하라.   180

자크   저, 좀만 참아 주시게.

	(자크 드 보이스에게) 내가 옳게 들었다면	
	공작은 종교적인 생활을 택하고	
	화려한 궁정을 무시해 버렸단 말이군.	
자크 드 보이스	그렇지요.	185
자크	난 그에게 가겠네. 개심한 이들에겐	
	듣고 또 배울 게 대단히 많다네.	
	(원로 공작에게) 자네에겐 예전의 영예를 부여하네,	
	참을성과 미덕 있어 그런 대접 마땅하지.	
	(올랜도에게) 자네에겐 참 믿음에 합당한 사랑을.	190
	(올리버에게) 자네에겐 땅과 사랑, 막강한 우군을.	
	(실비우스에게) 자네에겐 당연한 신방을 오래오래.	
	(터치스톤에게) 자네에겐 언쟁을. 그 사랑의 여정에는	
	두 달 양식뿐이니까. ― 자, 맘대로들 하게나.	
	난 춤추는 것 말고 다른 일을 해야겠네.	195
원로 공작	기다리게, 자크, 기다려.	
자크	여흥은 안 보려네. 자네가 원하는 건	
	버려진 자네 굴에 남았다가 듣겠네.　　(퇴장)	
원로 공작	계속하라, 계속해. 이 예식을 시작한다,	
	참 기쁨 속에서 끝나리라 믿으니까.	200
	(음악과 춤. 로절린드만 남고 모두 함께 퇴장)	

맺음말

로절린드	맺음 역 하는 아가씨를 보는 게 유행은 아니지만 서두 역의 남자를 보는 것보다 더 꼴불견은 아니랍니다. 술맛이 좋으면 술집 광고가 필요 없듯이 희곡이 좋으면 맺음말이 필요 없는 게 사실이죠. 하지만

좋은 술도 광고를 하니까 좋은 희곡도 좋은 맺음말 5
의 도움으로 더 나아지겠죠. 그럼 제 처지는 어떻
죠? 좋은 맺음 역도 아니고 좋은 희곡을 대신하여
여러분의 환심을 사지도 못하다니 말입니다. 전 거
지 행색을 하진 않았어요. 그래서 구걸은 어울리지
않을 겁니다. 제 방식은 여러분들에게 마술을 거는 10
건데 여자들부터 시작하죠. 오, 여자들에게 명하노
니, 남자들에게 품은 사랑을 위하여 이 희곡을 당신
들이 기쁜 만큼 좋아해 주세요. 그리고 오, 남자들
에게 명하노니, 여자들에게 품은 사랑을 위하여 (선
웃음을 보니까 아무도 그들을 미워하지 않으시는 15
모양인데) 이 희곡이 당신들과 여자들 가운데서 기
쁨을 주기 바랍니다. 제가 만약 여자라면 제 마음에
드는 수염 기른 남자, 제가 좋아하는 혈색 가진 남
자, 제가 물리치지 않는 입 냄새를 가진 남자들은
아무리 많아도 다 키스해 줄 겁니다. 그리고 확신 20
컨대 그만큼 많은 숫자의 훌륭한 수염, 훌륭한 얼굴,
또는 달콤한 입 냄새를 가진 남자들이 친절한 이 제
안을 듣고 제가 무릎 굽혀 절할 때 박수로 작별을
고할 겁니다.   (퇴장)

작품 해설
로절린드의 사랑

윌리엄 셰익스피어(1564~1616)는 『실수 희극』(1592~1594)을 시작으로 『잣대엔 잣대로』(1604)까지 총 열세 편의 희극을 썼다. 그 가운데 여기에 모인 다섯은 —『한여름 밤의 꿈』(1595~1596), 『베니스의 상인』(1596~1597), 『좋으실 대로』(1599), 『십이야』(1601~1602), 그리고 『헛소문에 큰 소동』((1598~1599) — 소위 명작이라 불리는 작품들이다. 이들 희극은 그 내용이 다양하여 한마디로 정의하기는 어렵다. 그러나 이들이 희극으로 분류되는 이유는 적어도 두 가지 공통 요소를 갖추고 있기 때문이다. 우선 우리 관객이나 독자들에게 전체적으로 슬픔보다는 기쁨, 울음보다는 웃음을 준다. 그 웃음의 성격이 밝고 순수할 수도 있고 조소나 실소에 가까울 수도 있지만 어쨌든 우리를 심각한 슬픔에 빠뜨리거나 울게 하지는 않는다. 둘째, 극의 시작은 비록 심각하거나 비극적일 수 있어도 그런 갈등은 결국 화합에 이르고 행복하게 마무리된다. 적어도 주인공이나 중요한 인물이 죽는 일은 없고 그 대신 화합의 상징인 결혼이 있다. 이것이 여기에 모인 셰익스피어의 다섯 극작품이 희극이란 장르로 묶여 있는 까닭이다. 그러면 이제부터 『좋으실 대로』를 희극의 두 핵심 요소 가운데 하나인 결혼이라는 공통분모를 통하여 간략하게 소개해 보기로 하자.

1

『좋으실 대로』에서는 네 쌍의 남녀가 결혼한다. 그들은 로절린드와 올랜도, 실리아와 올리버, 피비와 실비우스, 그리고 오드리와 터치스톤이다. 그래서 이 희극은 좀 더 다양한 연애 과정과 좀 더 많은 구애 장면들을 선보인다. 그러나 이 가운데 가장 중요한 쌍은 로절린드와 올랜도이며

이 극의 핵심 주제(사랑) 또한 이들의 구애와 결혼 과정을 통해 드러난다. 그리고 앞선 두 희극과 마찬가지로 이 둘의 결혼은, 다른 쌍들도 마찬가지이지만, 공짜로 얻어지지 않는다. 로절린드는 몇 가지 장애물을 넘거나 피해야 하고 그 가운데 가장 중요한 것은 올랜도의 미숙함이다. 그가 아든 숲에 처음 나타나서 연애시를 온갖 나무에 새기고 걸 때 선포하는 사랑은 『한여름 밤의 꿈』의 서두에 보이는 라이샌더의 것과 같다. 즉 "이야기나 역사로 들었던"(1.1.133) 사랑 이야기로 직접 경험이 아니라 간접 경험의 소산이다. 로절린드는 이런 철부지 같은 사랑을 하는 올랜도를 곧장 남편으로 받아들일 수 없다. 그래서 이 남자와 더불어 그의 사랑을 자기가 바라는 수준으로 올려놓는 임무(어쩌면 자임하는지도 모르지만)가 로절린드에게 떨어진다. 그것은 바로 올랜도의 사랑 교육이다. 셰익스피어가 사랑하는 남녀의 꾸밈없는 속마음을 펴 보이기 위해 극 가운데에 마련한 이 공간에 이 희극의 핵심 주제와 사건이 모두 전개된다.

그리고 로절린드와 올랜도의 사랑에 덧붙여 이 희극에는 터치스톤이라는 좀 특별한 인물이 등장한다. 그는 프레더릭 궁정에서 광대로 있다가 로절린드가 거기에서 쫓겨날 때 데리고 나온 인물로 그들이 도착한 아든 숲에서 자기 이름 역할을 톡톡히 한다. 그것은 다름 아닌 시금석(터치스톤)으로, 아든 숲에서 벌어지는 모든 연애 관계에서 사랑의 진정한 성격을 가려 줄 뿐만 아니라 누가 진정한 바보인지도 드러나게 해 준다. 그가 이런 역할을 할 수 있는 까닭은 그가 인가받은 바보로서 자신의 가장 원초적인 욕망을 아무런 꾸밈없이 드러낼 수 있는 특권뿐만 아니라 최고의 지식인들이 모이는 궁정 생활의 결과로 자신의 욕망을 가장 그럴듯한 학식으로 포장할 수 있는 능력까지 갖추었기 때문이다. 따라서 모두가 — 로절린드와 올랜도까지도 — 그의 현명한 바보 말씀 안에 감춰진 날카로운 풍자를 피할 수 없다.

그런데 올랜도의 사랑 교육과 터치스톤의 시금석 역할은 모두 아든 숲이라는 특별한 공간에서 벌어지고 그 시점은 모든 주요 인물들이 숲속으로 모인 다음이다. 그래서 『좋으실 대로』의 앞부분은 가장 중요한 관계인 로절린드와 올랜도의 사랑이 시작하는 장면과 주요 인물들을 아든 숲으로 보내는 데 대부분 할애된다. 막이 열리면 올랜도가 하인 애덤과 함께 그의 맏형 올리버가 자기를 얼마나 천대하는지 불만을 토로한다. 그러면서 형에게서 아버지의 유산 약간을 넘겨받아 독립할 결심을 밝힌다. 그런 다음 곧이어 등장한 올리버와 시비 끝에 몸싸움이 벌어지고 힘으로 동생을 당할 수 없는 형은 이 수모를 궁정 소속 씨름꾼인 찰스를 통해 해결하려고 한다. 동생에게 유산을 주지 않는 것은 물론이거니와 곧 있을 궁정 씨름 대회에서 찰스를 부추겨 동생을 죽이려는 계획이 있기 때문이다. 곧 이어 1막 2장에서 궁정 씨름 대회가 열리고 올랜도가 예상을 뒤엎고 찰스를 꺾는 일이 벌어진다. 시합이 끝난 뒤에 프레더릭 공작은 올랜도의 아버지를 자신의 적으로 공표하고 그에게 미움을 표한다. 그러나 이 씨름을 지켜보게 된 원로 공작의 딸 로절린드는 그런 올랜도와 사랑에 빠진다. 그녀는 그에게 자신의 사랑을 암시하고 자신의 목걸이를 그에게 걸어 주지만 그는 그녀에게 아무런 말도 못 한다. 이런 그의 침묵은 그가 앞으로 아든 숲에서 사랑을 표현하는 법을 배워야 할 중요한 단서를 제공한다.

2

한편 올랜도가 받는 미움과 그 와중에 생긴 사랑은 로절린드에게는 약간 다르면서 비슷한 방식으로 되풀이된다. 1막 2장이 열리면 우리는 프레더릭 공작의 딸 실리아가 로절린드를 얼마나 사랑하는지 알게 된다. 만약 자기 아버지가 "돌아가시면 당연히 네가 그의 계승자가 될 거야. 그가 네 아버지에게서 강제로 빼앗은 걸 난 너에게 애정으로 돌려줄 테니까."(1.2.18~20)라고 말할 정도로. 이렇게 로절린드는 올랜도가 받는 남자 형의 미움 대신 여자 사촌의 사랑을 받는다. 하지만 그녀는 곧 삼촌인 프레더릭 공작의 질투심과 미움으로 인하여 나라에서 추방당한다. 이렇게 각각 사랑과 미움을 경험한 올랜도와 로절린드는 한 사람은 우연히 그리고 한 사람은 의도적으로, 추방된 원로 공작이 살고 있는 아든 숲으로 향한다.

이제 이 아든 숲에서 올랜도를 다시 만난 로절린드는 남자로 변장한 가니메데 차림으로 올랜도의 사랑 교육에 착수한다. 이 과정에서 가장 빛나고 아름다우며, 가장 환상적이고 현실적이며, 재기발랄하고 독특하지만 동시에 다른 모든 형태의 사랑을 바다처럼 포용하여 아무런 거부감을 주지 않는 것이 로절린드의 사랑이다. 그것이 올랜도의 교화 과정에서 드러나는 이 희극의 핵심 주제이다.

그러나 로절린드의 사랑을 살펴보기에 앞서 우리는 그녀가 이미 아버지 세대의 미움, 즉 자기 삼촌이 자기 아버지와 그녀에게 보였던 미움은 극복했다는 사실을 상기해야 한다. 로절린드는 프레더릭 공작의 궁정에서 추방당했을 때 삼촌의 처분을 그에 상응하는 감정 없이 조용히 받아들였다. 자신과 자신의 아버지인 원로 공작이 역적이 아니라는 사실을 항변하는 것 외에는. 그래서 이곳 아든 숲에서는 자신의 사랑에만 열중할 수 있게 되었다. 이렇게 그녀의 사랑을 방해하는 가장 커다란 장애물인 미움은 이 극의 배경으로 물러나게 되었다.

미움이 뒤로 물러났다고 해서, 그리고 이상향과 같은 아든 숲에 왔다고 해서 사랑의 장애물이 다 사라진 것은 물론 아니다. 아든 숲에 혹독한 겨울바람과 사나운 사자가 있듯이 로절린드의 사랑 또한 피해야 할 또는 극복해야 할 다른 감정들이 있다. 그것들은 로절린드가 직접 맞닥뜨려 넘어서는 경우도 있지만 주로 그녀의 사랑과 대비되거나 가장 중요하게는 그녀의 사랑 안에 희극적으로 녹아들어 그 부작용이 무력화되는 식으로 처리된다. 그 가운데 첫째가 자크가 퍼뜨리고 다니는 우울증이다. 그는 원로 공작의 말처럼 한때는 "난봉꾼이었고/짐승의 욕구 그 자체처럼 색을 탐했었기에"(2.7.65~66) 지금은 그 반대로 세상만사의 허무함을 설파하고 슬픔에 빠지는 정반대의 길을 걷는다. 그래서 그는 숲속에 나타난 바보 터치스톤을 찬양하고 자신도 공인된 바보가 되고 싶어 한다. 하지만 그렇게 되기에 그는 너무 아는 게 많고 너무 깊은 우울증에 빠져 있다. 그는 자기 재산을 모두 여행으로 탕진하고 대신 경험을 얻었으나 그 경험이 자신을 슬프게 만들었다고 한다. 그래서 가니메데(로절린드)는 그와 동무하지 않는다. "난 차라리 바보가 날 유쾌하게 만드는 편이 경험이 날 슬프게 만드는 것보다 — 그것도 여행까지 해 가면서 — 낫겠어요."(4.1.25~28)라고 하면서.

슬픔과 더불어 로절린드가 마주치는 사랑의 훼방꾼은 실비우스의 짝사랑이다. 피비에 대한 보답 없는 연정 때문에 실비우스가 저지른 바보짓은 많지만 그 가운데 우리의 동정심을 가장 크게 자극하는 것은 피비가 남장한 로절린드, 즉, 가니메데에게 첫눈에 반하여 보낸 연애편지를 전달하고 그 내용을 당사자로부터 직접 듣는 장면이다.(4.3.40~63) 이런 바보 같은 실비우스를 동정한 로절린드는 결국 피비를 실비우스와 결혼하게 만들어 준다. 그리고 짝사랑과 함께 로절린드가 경험하는 또 하나의 장애물은 터치스톤의 적나라한 욕정이다. 그는 무식하고 순진한 시골 처녀 오드리와 결혼하려고 한다. 그 이유는 사랑이 아니라 단순한 욕망 만족이다. 하지만 그는 자기 의도를 바로 드러내지 않고 온갖 수사를 동원하여 착한 처녀를 혼란에 빠뜨린다. 예를 들면 그는 "난 여기 너와 네 염소들과 함께 있어, 가장 호색했던 시인, 정직했던 오비디우스가 염소 같은 야만족 가운데 살았듯이 말이야."(3.3.5~7)라고 하면서 자기의 호색은 마치 오비디우스(『사랑의 기술』을 쓴 로마의 시인)의 것인 양, 그리고 자기가 만나는 여자 오드리는 시골뜨기가 아니라 마치 염소 치는 야만족인 양, 진실을 한편으로는 정직하게 그러나 다른 한편으로는 부정직하게 현학적으로 감춘다.

3

그런데 사랑에 따르는 이 모든 부정적인 감정들은 로절린드가 이미 다 알고 있는 것들이다. 그리고 그녀는 올랜도를 교육할 때 이보다 훨씬 더 많은 감정들을 — 긍정적인 것들과 부정적인 것들을 망라하여 — 언급한다. 이 장면들을 제대로 이해하려면 해당 대사를 직접 듣고 음미하면서 그 즐거움을 느끼는 것이 가장 좋은 방법일 것이다. 왜냐하면 그것은 상당히 길게 펼쳐져 있어서 어느 한곳만을 따로 떼어 인용하기가 거의 불가능하다. 그래도 그 가운데 몇 가지를 옮겨 오는 무리를 범해 보면 다음과 같다. 우선 올랜도를 먼저 본 실리아가 그 소식을 로절린드에게 곧바로 말하지 않고 머뭇거릴 때 그녀의 초조함과 놀라움과 애타는 심정을 들어 보자.

> 성질나게 하지 마! 넌 내가 남자처럼 치장했기 때문에 내 성품
> 속에 바지저고리가 들었다고 생각해? 한순간만 더 지체하면 그
> 시간에 남쪽 바다 탐험도 해. 제발 그게 누군지 재빨리 얘기하고
> 잽싸게 말해. 난 네가 말을 더듬을 수 있으면 좋겠어, 그래서 이
> 숨겨진 남자를 네 입에서 마치 포도주가 좁은 병목으로 한꺼번에
> 너무 많이 나오거나 전혀 못 나오듯이 쏟아 낼 수 있도록 말이야.
> 제발 네 입마개를 뽑아, 그래야 내가 너의 소식을 마실 수 있잖아.
> (3.2.186~194)

그러나 로절린드가 행하는 사랑 교육의 압권은 남자들이 사랑 때문에 죽는다고 하고 실제로는 아무도 죽지 않는 현실을 꿰뚫어본 그녀의 다음과 같은 충고이다. 여기에서 그녀는 남장을 했기 때문에 남성의 지조 없음을 마치 자기 일인 것처럼 아주 천연덕스럽게 말할 수 있는 이점을 최대한 살린다. 그래서 가니메데 차림의 로절린드는 올랜도의 사랑이 얼마나 큰지, 얼마나 진실된지 알아보려고 짐짓 그를 받아들이지 않을 것처럼 말한다.

> 로절린드 글쎄요, 그녀 대신 말하는데 난 당신을 받아들이지
> 않겠어요.
> 올랜도   그럼 난 본인이 직접 죽습니다.
> 로절린드 아뇨, 정말, 대리인이 죽게 해요. 불쌍한 이 세상은
> 거의 육천 년이 되었지만 그 기간 내내 그 누구도
> 본인이 직접 (즉, 사랑 때문에) 죽진 않았어요.

트로일로스는 그리스인 몽둥이에 머리가 박살
났지만 그 전에도 죽으려고 별짓을 다 했지요,
그런데 그가 사랑의 모범 사례 가운데 하나랍니다.
레안드로스는 더운 한여름 밤이 아니었더라면
헤로가 비록 수녀가 됐을지라도 족히 여러 해를 더
살았을 거예요. 그 착한 젊은이는 헬레스폰투스에
몸을 씻으러 간 것뿐이었는데 쥐가 나서 빠져
죽었고 그 시기의 어리석은 사가들이 판결을
내렸죠, 세스토스의 헤로 때문이라고. 하지만
이런 건 다 거짓이랍니다. 남자들이 때론 죽고 또
구더기 밥이 되곤 했어도 사랑 때문은 아니었소.
(4.1.86~102)

이런 로절린드에 반하지 않을 남자가(또는 여자가) 있을까? 그녀로부
터 이렇게 사랑 교육을 철저히 받은 올랜도는 드디어 남편의 자격을 갖
추고 결혼의 신 히멘이 데리고 나온 여성 복장의 로절린드와 짝을 맺는
다. 아마도 로절린드는 셰익스피어의 희극 가운데 가장 아름답고 총명하
고 현실과 이상을 가장 잘 조화시킬 수 있는 여인일 것이다.

이번 번역은 줄리엣 두신베르(Juliet Dusinberre) 편집의 아든(The
Arden Shakespeare) 판 『좋으실 대로(As You Like It)』를 기본으로 하
고, G. 블레이크모어 에번스(G. Blakemore Evans) 편집의 리버사이드
셰익스피어(The Riverside Shakespeare) 판과 조너선 베이트와 에릭 라
스무센(Jonathan Bate and Eric Rasmussen) 편집의 RSC(The Royal
Shakespeare Company) 판을 참조하였다.

작가 연보

1564년	아버지 존 셰익스피어와 어머니 메리 아든의 장남으로 스트랫퍼드어폰에이번에서 태어남. 4월 26일 세례 받음.
1582년	11월 여덟 살 연상의 앤 해서웨이와 결혼.
1583년	딸 수재너 태어남. 5월 26일 세례 받음.
1585년	아들 햄닛과 딸 주디스(쌍둥이) 태어남. 2월 2일 세례 받음.
1588-1589년	런던에서 최초의 극작품들이 공연됨.
1588-1590년	식구들을 두고 런던으로 감.
1590-1591년	3부작 『헨리 6세(Henry VI)』.
1592-1594년	시집 『비너스와 아도니스(Venus and Adonis)』, 『루크리스의 강간(The Rape of Lucrece)』 출간. 두 시집 모두 사우샘프턴 백작에게 헌정. 로드 체임벌린스 멘 극단의 주주가 됨. 『리처드 3세(Richard III)』, 『실수 희극(The Comedy of Errors)』, 『티투스 안드로니쿠스(Titus Andronicus)』, 『말괄량이 길들이기(The Taming of the Shrew)』,

	『베로나의 두 신사 (The Two Gentlemen of Verona)』.
1595 - 1597년	『사랑의 수고는 수포로 (Love's Labour's Lost)』, 『존 왕 (King John)』, 『리처드 2세 (Richard II)』, 『로미오와 줄리엣 (Romeo and Juliet)』, 『한여름 밤의 꿈 (A Midsummer Night's Dream)』, 『베니스의 상인 (The Merchant of Venice)』, 『헨리 4세 1부 (Henry IV, Part 1)』, 『윈저의 즐거운 아낙네들 (The Merry Wives of Windsor)』.
1596년	아들 햄닛 사망. 부친의 문장을 사용하는 것을 허가받음.
1597년	스트랫퍼드에서 뉴 플레이스 저택 구입.
1598 - 1599년	『헨리 4세 2부 (Henry IV, Part 2)』, 『헛소문에 큰 소동 (Much Ado About Nothing)』, 『헨리 5세 (Henry V)』, 『줄리어스 시저 (Julius Caesar)』, 『좋으실 대로 (As You Like It)』. 셰익스피어의 극단이 새로운 글로브 극장으로 옮겨 감.
1600년	『햄릿 (Hamlet)』.
1601 - 1602년	시집 『불사조와 산비둘기 (The Phoenix and the Turtle)』 출간. 『십이야 (Twelfth Night, or What You Will)』,

『트로일로스와 크레시다(Troilus and Cressida)』,
『끝이 좋으면 다 좋다(All's Well That Ends Well)』.

| 1601년 | 부친 사망. 9월 8일 장례. |

| 1603년 | 엘리자베스 여왕 사망. 스코틀랜드의 제임스 6세가 영국의 제임스 1세가 됨. 셰익스피어의 극단이 킹스 멘이 됨. |

| 1604년 | 『잣대엔 잣대로(Measure for Measure)』, 『오셀로(Othello)』. |

| 1605년 | 『리어 왕(King Lear)』. |

| 1606년 | 『맥베스(Macbeth)』, 『안토니와 클레오파트라(Antony and Cleopatra)』. |

| 1607년 | 6월 5일 딸 수재너 결혼. |

| 1607-1608년 | 『코리올레이너스(Coriolanus)』, 『아테네의 티몬(Timon of Athens)』, 『페리클레스(Pericles)』. |

| 1608년 | 모친 사망. 9월 9일 장례. |

| 1609-1610년 | 『심벌린(Cymbeline)』, 『겨울 이야기(The Winter's Tale)』. 『소네트(Sonnets)』 출간. |

셰익스피어의 극단이 블랙프라이어스 극장을 매입.

| 1611년 | 『태풍(The Tempest)』. |
| | 스트랫퍼드로 은퇴. |

| 1612-1613년 | 『헨리 8세(Henry VIII)』, 『카르데니오(Cardenio)』, |
| | 『두 귀족 친척(The Two Noble Kinsman)』. |

| 1616년 | 2월 10일 딸 주디스 결혼. |
| | 스트랫퍼드에서 4월 23일 사망. |

1623년	글로브 극장 시절의 동료 배우 존 헤밍과 헨리 콘델
	이 편집한 셰익스피어의 극작품들이 이절판으로 출
	판됨.
	부인 앤 해서웨이 사망.

As You Like It

Characters in the Play

ORLANDO, youngest son of Sir Rowland de Boys

OLIVER, his elder brother

SECOND BROTHER, brother to Orlando and Oliver, named Jaques

ADAM, servant to Oliver and friend to Orlando

DENNIS, servant to Oliver

ROSALIND, daughter to Duke Senior

CELIA, Rosalind's cousin, daughter to Duke Frederick

TOUCHSTONE, a court Fool

DUKE FREDERICK, the usurping duke

CHARLES, wrestler at Duke Frederick's court

LE BEAU, a courtier at Duke Frederick's court

FIRST LORD
SECOND LORD } Attending Duke Frederick

DUKE SENIOR the exiled duke, brother to Duke Frederick

JAQUES
AMIENS
FIRST LORD } Lords attending Duke Senior in exile
SECOND LORD

FIRST PAGE
SECOND PAGE } Attending Duke Senior in exile

CORIN, a shepherd

SILVIUS, a young shepherd in love

PHOEBE, a disdainful shepherdess

AUDREY, a goat-keeper

WILLIAM, a country youth in love with Audrey

SIR OLIVER MARTEXT, a parish priest

HYMEN, god of marriage

Lords, Attendants, Musicians

ACT 1 Scene 1

Enter Orlando and Adam.

ORLANDO   As I remember, Adam, it was upon this
fashion bequeathed me by will but poor a thousand
crowns, and, as thou sayst, charged my brother on
his blessing to breed me well. And there begins my
sadness. My brother Jaques he keeps at school, and
report speaks goldenly of his profit. For my part, he
keeps me rustically at home, or, to speak more
properly, stays me here at home unkept; for call you
that "keeping, for a gentleman of my birth, that
differs not from the stalling of an ox? His horses are
bred better, for, besides that they are fair with their
feeding, they are taught their manage and, to that
end, riders dearly hired. But I, his brother, gain
nothing under him but growth, for the which his
animals on his dunghills are as much bound to him
as I. Besides this nothing that he so plentifully gives
me, the something that nature gave me his countenance
seems to take from me. He lets me feed with
his hinds, bars me the place of a brother, and, as
much as in him lies, mines my gentility with my
education. This is it, Adam, that grieves me, and the
spirit of my father, which I think is within me,
begins to mutiny against this servitude. I will no

longer endure it, though yet I know no wise remedy how to avoid it.

[Enter Oliver.]

ADAM Yonder comes my master, your brother.

ORLANDO Go apart, Adam, and thou shalt hear how he will shake me up. [Adam steps aside.]

OLIVER Now, sir, what make you here?

ORLANDO Nothing. I am not taught to make anything.

OLIVER What mar you then, sir?

ORLANDO Marry, sir, I am helping you to mar that which God made, a poor unworthy brother of yours, with idleness.

OLIVER Marry, sir, be better employed, and be naught awhile.

ORLANDO Shall I keep your hogs and eat husks with them? What prodigal portion have I spent that I should come to such penury?

OLIVER Know you where you are, sir?

ORLANDO O, sir, very well: here in your orchard.

OLIVER Know you before whom, sir?

ORLANDO Ay, better than him I am before knows me. I know you are my eldest brother, and in the gentle condition of blood you should so know me. The courtesy of nations allows you my better in that you are the first-born, but the same tradition takes not away my blood, were there twenty brothers betwixt us. I have as much of my father in me as you, albeit I confess your coming before me is nearer to his reverence.

OLIVER [threatening Orlando] What, boy!

ORLANDO [holding off Oliver by the throat] Come, come, elder brother, you are too young in this.

OLIVER Wilt thou lay hands on me, villain?

ORLANDO	I am no villain. I am the youngest son of Sir Rowland de Boys. He was my father, and he is thrice a villain that says such a father begot villains. Wert thou not my brother, I would not take this hand from thy throat till this other had pulled out thy tongue for saying so. Thou hast railed on thyself.
ADAM	[coming forward] Sweet masters, be patient. For your father's remembrance, be at accord.
OLIVER	[to Orlando] Let me go, I say.
ORLANDO	I will not till I please. You shall hear me. My father charged you in his will to give me good education. You have trained me like a peasant, obscuring and hiding from me all gentlemanlike qualities. The spirit of my father grows strong in me, and I will no longer endure it. Therefore allow me such exercises as may become a gentleman, or give me the poor allottery my father left me by testament. With that I will go buy my fortunes.

[Orlando releases Oliver.]

OLIVER	And what wilt thou do — beg when that is spent? Well, sir, get you in. I will not long be troubled with you. You shall have some part of your will. I pray you leave me.
ORLANDO	I will no further offend you than becomes me for my good.
OLIVER	[to Adam] Get you with him, you old dog.
ADAM	Is old dog my reward? Most true, I have lost my teeth in your service. God be with my old master. He would not have spoke such a word.

[Orlando and Adam exit.]

OLIVER	Is it even so? Begin you to grow upon me? I will physic your rankness, and yet give no thousand

crowns neither. — Holla, Dennis!

[Enter Dennis.]

DENNIS   Calls your Worship?

OLIVER   Was not Charles, the Duke's wrestler, here to
speak with me?

DENNIS   So please you, he is here at the door and
importunes access to you.

OLIVER   Call him in. [Dennis exits.] 'Twill be a good
way, and tomorrow the wrestling is.

[Enter Charles.]

CHARLES   Good morrow to your Worship.

OLIVER   Good Monsieur Charles, what's the new news
at the new court?

CHARLES   There's no news at the court, sir, but the old news.
That is, the old duke is banished by his younger
brother the new duke, and three or four loving lords
have put themselves into voluntary exile with him,
whose lands and revenues enrich the new duke.
Therefore he gives them good leave to wander.

OLIVER   Can you tell if Rosalind, the Duke's daughter,
be banished with her father?

CHARLES   O, no, for the Duke's daughter her cousin so
loves her, being ever from their cradles bred together,
that she would have followed her exile or have
died to stay behind her. She is at the court and no
less beloved of her uncle than his own daughter,
and never two ladies loved as they do.

OLIVER   Where will the old duke live?

CHARLES   They say he is already in the Forest of Arden,
and a many merry men with him; and there they
live like the old Robin Hood of England. They say

many young gentlemen flock to him every day and fleet the time carelessly, as they did in the golden world.

OLIVER What, you wrestle tomorrow before the new duke?

CHARLES Marry, do I, sir, and I came to acquaint you with a matter. I am given, sir, secretly to understand that your younger brother Orlando hath a disposition to come in disguised against me to try a fall. Tomorrow, sir, I wrestle for my credit, and he that escapes me without some broken limb shall acquit him well. Your brother is but young and tender, and for your love I would be loath to foil him, as I must for my own honor if he come in. Therefore, out of my love to you, I came hither to acquaint you withal, that either you might stay him from his intendment, or brook such disgrace well as he shall run into, in that it is a thing of his own search and altogether against my will.

OLIVER Charles, I thank thee for thy love to me, which thou shalt find I will most kindly requite. I had myself notice of my brother's purpose herein, and have by underhand means labored to dissuade him from it; but he is resolute. I'll tell thee, Charles, it is the stubbornest young fellow of France, full of ambition, an envious emulator of every man's good parts, a secret and villainous contriver against me his natural brother. Therefore use thy discretion. I had as lief thou didst break his neck as his finger. And thou wert best look to 't, for if thou dost him any slight disgrace, or if he do not mightily grace himself on thee, he will practice against thee by poison, entrap thee by some treacherous device,

and never leave thee till he hath ta'en thy life by
some indirect means or other. For I assure thee —
and almost with tears I speak it — there is not one so
young and so villainous this day living. I speak but
brotherly of him, but should I anatomize him to
thee as he is, I must blush and weep, and thou must
look pale and wonder.

CHARLES   I am heartily glad I came hither to you. If he
come tomorrow, I'll give him his payment. If ever
he go alone again, I'll never wrestle for prize more.
And so God keep your Worship.

OLIVER   Farewell, good Charles.   [Charles exits.]
Now will I stir this gamester. I hope I shall see an
end of him, for my soul — yet I know not why —
hates nothing more than he. Yet he's gentle, never
schooled and yet learned, full of noble device, of all
sorts enchantingly beloved, and indeed so much in
the heart of the world, and especially of my own
people, who best know him, that I am altogether
misprized. But it shall not be so long; this wrestler
shall clear all. Nothing remains but that I kindle the
boy thither, which now I'll go about.

[He exits.]

ACT 1 Scene 2

Enter Rosalind and Celia.

CELIA   I pray thee, Rosalind, sweet my coz, be merry.

ROSALIND   Dear Celia, I show more mirth than I am
mistress of, and would you yet I were merrier?
Unless you could teach me to forget a banished
father, you must not learn me how to remember
any extraordinary pleasure.

CELIA   Herein I see thou lov'st me not with the full
weight that I love thee. If my uncle, thy banished
father, had banished thy uncle, the Duke my father,
so thou hadst been still with me, I could have taught
my love to take thy father for mine. So wouldst thou,
if the truth of thy love to me were so righteously
tempered as mine is to thee.

ROSALIND   Well, I will forget the condition of my estate
to rejoice in yours.

CELIA   You know my father hath no child but I, nor
none is like to have; and truly, when he dies, thou
shalt be his heir, for what he hath taken away from
thy father perforce, I will render thee again in
affection. By mine honor I will, and when I break
that oath, let me turn monster. Therefore, my sweet
Rose, my dear Rose, be merry.

ROSALIND   From henceforth I will, coz, and devise
sports. Let me see — what think you of falling in love?

CELIA   Marry, I prithee do, to make sport withal; but
love no man in good earnest, nor no further in
sport neither than with safety of a pure blush thou
mayst in honor come off again.

ROSALIND   What shall be our sport, then?

CELIA   Let us sit and mock the good housewife Fortune
from her wheel, that her gifts may henceforth be
bestowed equally.

ROSALIND   I would we could do so, for her benefits are
                mightily misplaced, and the bountiful blind woman
                doth most mistake in her gifts to women.

CELIA   'Tis true, for those that she makes fair she scarce
                makes honest, and those that she makes honest she
                makes very ill-favoredly.

ROSALIND   Nay, now thou goest from Fortune's office to
                Nature's. Fortune reigns in gifts of the world, not in
                the lineaments of nature.

CELIA   No? When Nature hath made a fair creature,
                may she not by fortune fall into the fire?

                                        [Enter Touchstone.]

                Though Nature hath given us wit to flout at Fortune,
                hath not Fortune sent in this fool to cut off the argument?

ROSALIND   Indeed, there is Fortune too hard for Nature,
                when Fortune makes Nature's natural the
                cutter-off of Nature's wit.

CELIA   Peradventure this is not Fortune's work neither,
                but Nature's, who perceiveth our natural wits too
                dull to reason of such goddesses, and hath sent
                this natural for our whetstone, for always the dullness
                of the fool is the whetstone of the wits. [To
                Touchstone.] How now, wit, whither wander you?

TOUCHSTONE   Mistress, you must come away to your father.

CELIA   Were you made the messenger?

TOUCHSTONE   No, by mine honor, but I was bid to come for you.

ROSALIND   Where learned you that oath, fool?

TOUCHSTONE   Of a certain knight that swore by his
                honor they were good pancakes, and swore by his
                honor the mustard was naught. Now, I'll stand to it,
                the pancakes were naught and the mustard was

good, and yet was not the knight forsworn.

CELIA How prove you that in the great heap of your knowledge?

ROSALIND Ay, marry, now unmuzzle your wisdom.

TOUCHSTONE Stand you both forth now: stroke your
chins, and swear by your beards that I am a knave.

CELIA By our beards (if we had them), thou art.

TOUCHSTONE By my knavery (if I had it), then I were.
But if you swear by that that is not, you are not
forsworn. No more was this knight swearing by his
honor, for he never had any, or if he had, he had sworn it
away before ever he saw those pancakes or that mustard.

CELIA Prithee, who is 't that thou mean'st?

TOUCHSTONE One that old Frederick, your father, loves.

CELIA My father's love is enough to honor him.
Enough. Speak no more of him; you'll be whipped
for taxation one of these days.

TOUCHSTONE The more pity that fools may not speak
wisely what wise men do foolishly.

CELIA By my troth, thou sayest true. For, since the little
wit that fools have was silenced, the little foolery
that wise men have makes a great show. Here
comes Monsieur Le Beau.

[Enter Le Beau.]

ROSALIND With his mouth full of news.

CELIA Which he will put on us as pigeons feed their young.

ROSALIND Then shall we be news-crammed.

CELIA All the better. We shall be the more marketable. —
Bonjour, Monsieur Le Beau. What's the news?

LE BEAU Fair princess, you have lost much good sport.

CELIA Sport? Of what color?

LE BEAU What color, madam? How shall I answer you?

ROSALIND	As wit and fortune will.
TOUCHSTONE	Or as the destinies decrees.
CELIA	Well said. That was laid on with a trowel.
TOUCHSTONE	Nay, if I keep not my rank —
ROSALIND	Thou losest thy old smell.
LE BEAU	You amaze me, ladies. I would have told you of good wrestling, which you have lost the sight of.
ROSALIND	Yet tell us the manner of the wrestling.
LE BEAU	I will tell you the beginning, and if it please your Ladyships, you may see the end, for the best is yet to do, and here, where you are, they are coming to perform it.
CELIA	Well, the beginning that is dead and buried.
LE BEAU	There comes an old man and his three sons —
CELIA	I could match this beginning with an old tale.
LE BEAU	Three proper young men of excellent growth and presence.
ROSALIND	With bills on their necks: "Be it known unto all men by these presents."
LE BEAU	The eldest of the three wrestled with Charles, the Duke's wrestler, which Charles in a moment threw him and broke three of his ribs, that there is little hope of life in him. So he served the second, and so the third. Yonder they lie, the poor old man their father making such pitiful dole over them that all the beholders take his part with weeping.
ROSALIND	Alas!
TOUCHSTONE	But what is the sport, monsieur, that the ladies have lost?
LE BEAU	Why, this that I speak of.
TOUCHSTONE	Thus men may grow wiser every day. It is the first time that ever I heard breaking of ribs was sport

for ladies.

CELIA   Or I, I promise thee.

ROSALIND   But is there any else longs to see this broken
music in his sides? Is there yet another dotes upon
rib-breaking? Shall we see this wrestling, cousin?

LE BEAU   You must if you stay here, for here is the place
appointed for the wrestling, and they are ready to
perform it.

CELIA   Yonder sure they are coming. Let us now stay and see it.

[Flourish. Enter Duke Frederick, Lords, Orlando,
Charles, and Attendants.]

DUKE FREDERICK   Come on. Since the youth will not be
entreated, his own peril on his forwardness.

ROSALIND   [to Le Beau] Is yonder the man?

LE BEAU   Even he, madam.

CELIA   Alas, he is too young. Yet he looks successfully.

DUKE FREDERICK   How now, daughter and cousin? Are
you crept hither to see the wrestling?

ROSALIND   Ay, my liege, so please you give us leave.

DUKE FREDERICK   You will take little delight in it, I can
tell you, there is such odds in the man. In pity of the
challenger's youth, I would fain dissuade him, but
he will not be entreated. Speak to him, ladies; see if
you can move him.

CELIA   Call him hither, good Monsieur Le Beau.

DUKE FREDERICK   Do so. I'll not be by.

[He steps aside.]

LE BEAU   [to Orlando] Monsieur the challenger, the
Princess calls for you.

ORLANDO   I attend them with all respect and duty.

ROSALIND   Young man, have you challenged Charles the wrestler?

ORLANDO	No, fair princess. He is the general challenger. I come but in as others do, to try with him the strength of my youth.
CELIA	Young gentleman, your spirits are too bold for your years. You have seen cruel proof of this man's strength. If you saw yourself with your eyes or knew yourself with your judgment, the fear of your adventure would counsel you to a more equal enterprise. We pray you for your own sake to embrace your own safety and give over this attempt.
ROSALIND	Do, young sir. Your reputation shall not therefore be misprized. We will make it our suit to the Duke that the wrestling might not go forward.
ORLANDO	I beseech you, punish me not with your hard thoughts, wherein I confess me much guilty to deny so fair and excellent ladies anything. But let your fair eyes and gentle wishes go with me to my trial, wherein, if I be foiled, there is but one shamed that was never gracious; if killed, but one dead that is willing to be so. I shall do my friends no wrong, for I have none to lament me; the world no injury, for in it I have nothing. Only in the world I fill up a place which may be better supplied when I have made it empty.
ROSALIND	The little strength that I have, I would it were with you.
CELIA	And mine, to eke out hers.
ROSALIND	Fare you well. Pray heaven I be deceived in you.
CELIA	Your heart's desires be with you.
CHARLES	Come, where is this young gallant that is so desirous to lie with his mother Earth?
ORLANDO	Ready, sir; but his will hath in it a more modest working.
DUKE FREDERICK	[coming forward] You shall try but one fall.

CHARLES   No, I warrant your Grace you shall not entreat
            him to a second, that have so mightily persuaded
            him from a first.

ORLANDO   You mean to mock me after, you should not
            have mocked me before. But come your ways.

ROSALIND   Now Hercules be thy speed, young man!

CELIA   I would I were invisible, to catch the strong
            fellow by the leg.

                              [Orlando and Charles wrestle.]

ROSALIND   O excellent young man!

CELIA   If I had a thunderbolt in mine eye, I can tell who
            should down.

                              [Orlando throws Charles. Shout.]

DUKE FREDERICK   No more, no more.

ORLANDO   Yes, I beseech your Grace. I am not yet well breathed.

DUKE FREDERICK   How dost thou, Charles?

LE BEAU   He cannot speak, my lord.

DUKE FREDERICK   Bear him away.

                   [Charles is carried off by Attendants.]

            What is thy name, young man?

ORLANDO   Orlando, my liege, the youngest son of Sir
            Rowland de Boys.

DUKE FREDERICK   I would thou hadst been son to some man else.
            The world esteemed thy father honorable,
            But I did find him still mine enemy.
            Thou shouldst have better pleased me with this deed
            Hadst thou descended from another house.
            But fare thee well. Thou art a gallant youth.
            I would thou hadst told me of another father.

                   [Duke exits with Touchstone, Le Beau,
                             Lords, and Attendants.]

CELIA   [to Rosalind] Were I my father, coz, would I do this?

ORLANDO   I am more proud to be Sir Rowland's son,
His youngest son, and would not change that calling
To be adopted heir to Frederick.

ROSALIND   [to Celia] My father loved Sir Rowland as his soul,
And all the world was of my father's mind.
Had I before known this young man his son,
I should have given him tears unto entreaties
Ere he should thus have ventured.

CELIA   Gentle cousin,
Let us go thank him and encourage him.
My father's rough and envious disposition
Sticks me at heart. — Sir, you have well deserved.
If you do keep your promises in love
But justly, as you have exceeded all promise,
Your mistress shall be happy.

ROSALIND   [giving Orlando a chain from her neck] Gentleman,
Wear this for me — one out of suits with Fortune,
That could give more but that her hand lacks means. —
Shall we go, coz?

CELIA   Ay. — Fare you well, fair gentleman.

ORLANDO   [aside] Can I not say "I thank you?" My better parts
Are all thrown down, and that which here stands up
Is but a quintain, a mere lifeless block.

ROSALIND   [to Celia] He calls us back. My pride fell with my
fortunes. I'll ask him what he would. — Did you
call, sir? Sir, you have wrestled well and overthrown
More than your enemies.

CELIA   Will you go, coz?

ROSALIND   Have with you. [To Orlando.] Fare you well.

                              [Rosalind and Celia exit.]

ORLANDO	What passion hangs these weights upon my tongue?
	I cannot speak to her, yet she urged conference.
	O poor Orlando! Thou art overthrown.
	Or Charles or something weaker masters thee.
	[Enter Le Beau.]
LE BEAU	Good sir, I do in friendship counsel you
	To leave this place. Albeit you have deserved
	High commendation, true applause, and love,
	Yet such is now the Duke's condition
	That he misconsters all that you have done.
	The Duke is humorous. What he is indeed
	More suits you to conceive than I to speak of.
ORLANDO	I thank you, sir, and pray you tell me this:
	Which of the two was daughter of the duke
	That here was at the wrestling?
LE BEAU	Neither his daughter, if we judge by manners,
	But yet indeed the smaller is his daughter.
	The other is daughter to the banished duke,
	And here detained by her usurping uncle
	To keep his daughter company, whose loves
	Are dearer than the natural bond of sisters.
	But I can tell you that of late this duke
	Hath ta'en displeasure 'gainst his gentle niece,
	Grounded upon no other argument
	But that the people praise her for her virtues
	And pity her for her good father's sake;
	And, on my life, his malice 'gainst the lady
	Will suddenly break forth. Sir, fare you well.
	Hereafter, in a better world than this,
	I shall desire more love and knowledge of you.
ORLANDO	I rest much bounden to you. Fare you well.

[Le Beau exits.]

Thus must I from the smoke into the smother,

From tyrant duke unto a tyrant brother.

But heavenly Rosalind! [He exits.]

ACT 1 Scene 3

Enter Celia and Rosalind.

CELIA   Why, cousin! Why, Rosalind! Cupid have mercy, not a word?

ROSALIND   Not one to throw at a dog.

CELIA   No, thy words are too precious to be cast away upon curs. Throw some of them at me. Come, lame me with reasons.

ROSALIND   Then there were two cousins laid up, when the one should be lamed with reasons, and the other mad without any.

CELIA   But is all this for your father?

ROSALIND   No, some of it is for my child's father. O, how full of briers is this working-day world!

CELIA   They are but burs, cousin, thrown upon thee in holiday foolery. If we walk not in the trodden paths, our very petticoats will catch them.

ROSALIND   I could shake them off my coat. These burs are in my heart.

CELIA   Hem them away.

ROSALIND   I would try, if I could cry "hem and have him.

CELIA   Come, come, wrestle with thy affections.

ROSALIND   O, they take the part of a better wrestler than myself.

CELIA   O, a good wish upon you. You will try in time, in
          despite of a fall. But turning these jests out of
          service, let us talk in good earnest. Is it possible on
          such a sudden you should fall into so strong a liking
          with old Sir Rowland's youngest son?

ROSALIND The Duke my father loved his father dearly.

CELIA   Doth it therefore ensue that you should love his son
          dearly? By this kind of chase I should hate him, for my
          father hated his father dearly. Yet I hate not Orlando.

ROSALIND No, faith, hate him not, for my sake.

CELIA   Why should I not? Doth he not deserve well?

ROSALIND Let me love him for that, and do you love
          him because I do.

                              [Enter Duke Frederick with Lords.]

          Look, here comes the Duke.

CELIA   With his eyes full of anger.

DUKE FREDERICK   [to Rosalind]

          Mistress, dispatch you with your safest haste,
          And get you from our court.

ROSALIND Me, uncle?

DUKE FREDERICK   You, cousin.

          Within these ten days if that thou beest found
          So near our public court as twenty miles,
          Thou diest for it.

ROSALIND   I do beseech your Grace,
          Let me the knowledge of my fault bear with me.
          If with myself I hold intelligence
          Or have acquaintance with mine own desires,
          If that I do not dream or be not frantic —
          As I do trust I am not — then, dear uncle,
          Never so much as in a thought unborn

Did I offend your Highness.

DUKE FREDERICK   Thus do all traitors.

If their purgation did consist in words,

They are as innocent as grace itself.

Let it suffice thee that I trust thee not.

ROSALIND   Yet your mistrust cannot make me a traitor.

Tell me whereon the likelihood depends.

DUKE FREDERICK   Thou art thy father's daughter. There's enough.

ROSALIND   So was I when your Highness took his dukedom.

So was I when your Highness banished him.

Treason is not inherited, my lord,

Or if we did derive it from our friends,

What's that to me? My father was no traitor.

Then, good my liege, mistake me not so much

To think my poverty is treacherous.

CELIA   Dear sovereign, hear me speak.

DUKE FREDERICK   Ay, Celia, we stayed her for your sake;

Else had she with her father ranged along.

CELIA   I did not then entreat to have her stay.

It was your pleasure and your own remorse.

I was too young that time to value her,

But now I know her. If she be a traitor,

Why, so am I. We still have slept together,

Rose at an instant, learned, played, eat together,

And, wheresoe'er we went, like Juno's swans

Still we went coupled and inseparable.

DUKE FREDERICK   She is too subtle for thee, and her smoothness,

Her very silence, and her patience

Speak to the people, and they pity her.

Thou art a fool. She robs thee of thy name,

And thou wilt show more bright and seem more virtuous

When she is gone. Then open not thy lips.

Firm and irrevocable is my doom

Which I have passed upon her. She is banished.

CELIA   Pronounce that sentence then on me, my liege.

I cannot live out of her company.

DUKE FREDERICK   You are a fool. — You, niece, provide yourself.

If you outstay the time, upon mine honor

And in the greatness of my word, you die.

[Duke and Lords exit.]

CELIA   O my poor Rosalind, whither wilt thou go?

Wilt thou change fathers? I will give thee mine.

I charge thee, be not thou more grieved than I am.

ROSALIND   I have more cause.

CELIA   Thou hast not, cousin.

Prithee, be cheerful. Know'st thou not the Duke

Hath banished me, his daughter?

ROSALIND   That he hath not.

CELIA   No, hath not? Rosalind lacks then the love

Which teacheth thee that thou and I am one.

Shall we be sundered? Shall we part, sweet girl?

No, let my father seek another heir.

Therefore devise with me how we may fly,

Whither to go, and what to bear with us,

And do not seek to take your change upon you,

To bear your griefs yourself and leave me out.

For, by this heaven, now at our sorrows pale,

Say what thou canst, I'll go along with thee.

ROSALIND   Why, whither shall we go?

CELIA   To seek my uncle in the Forest of Arden.

ROSALIND   Alas, what danger will it be to us,

Maids as we are, to travel forth so far?

	Beauty provoketh thieves sooner than gold.
CELIA	I'll put myself in poor and mean attire,
	And with a kind of umber smirch my face.
	The like do you. So shall we pass along
	And never stir assailants.
ROSALIND	Were it not better,
	Because that I am more than common tall,
	That I did suit me all points like a man?
	A gallant curtal-ax upon my thigh,
	A boar-spear in my hand, and in my heart
	Lie there what hidden woman's fear there will,
	We'll have a swashing and a martial outside —
	As many other mannish cowards have
	That do outface it with their semblances.
CELIA	What shall I call thee when thou art a man?
ROSALIND	I'll have no worse a name than Jove's own page,
	And therefore look you call me Ganymede.
	But what will you be called?
CELIA	Something that hath a reference to my state:
	No longer Celia, but Aliena.
ROSALIND	But, cousin, what if we assayed to steal
	The clownish fool out of your father's court?
	Would he not be a comfort to our travel?
CELIA	He'll go along o'er the wide world with me.
	Leave me alone to woo him. Let's away
	And get our jewels and our wealth together,
	Devise the fittest time and safest way
	To hide us from pursuit that will be made
	After my flight. Now go we in content
	To liberty, and not to banishment.

[They exit.]

ACT 2 Scene 1

Enter Duke Senior, Amiens, and two or three Lords, like foresters.

DUKE SENIOR   Now, my co-mates and brothers in exile,
Hath not old custom made this life more sweet
Than that of painted pomp? Are not these woods
More free from peril than the envious court?
Here feel we not the penalty of Adam,
The seasons' difference, as the icy fang
And churlish chiding of the winter's wind,
Which when it bites and blows upon my body
Even till I shrink with cold, I smile and say
"This is no flattery. These are counselors
That feelingly persuade me what I am."
Sweet are the uses of adversity,
Which, like the toad, ugly and venomous,
Wears yet a precious jewel in his head.
And this our life, exempt from public haunt,
Finds tongues in trees, books in the running brooks,
Sermons in stones, and good in everything.

AMIENS   I would not change it. Happy is your Grace,
That can translate the stubbornness of fortune
Into so quiet and so sweet a style.

DUKE SENIOR   Come, shall we go and kill us venison?
And yet it irks me the poor dappled fools,
Being native burghers of this desert city,
Should in their own confines with forked heads
Have their round haunches gored.

FIRST LORD   Indeed, my lord,

The melancholy Jaques grieves at that,
And in that kind swears you do more usurp
Than doth your brother that hath banished you.
Today my Lord of Amiens and myself
Did steal behind him as he lay along
Under an oak, whose antique root peeps out
Upon the brook that brawls along this wood;
To the which place a poor sequestered stag
That from the hunter's aim had ta'en a hurt
Did come to languish. And indeed, my lord,
The wretched animal heaved forth such groans
That their discharge did stretch his leathern coat
Almost to bursting, and the big round tears
Coursed one another down his innocent nose
In piteous chase. And thus the hairy fool,
Much marked of the melancholy Jaques,
Stood on th' extremest verge of the swift brook,
Augmenting it with tears.

DUKE SENIOR   But what said Jaques?
Did he not moralize this spectacle?

FIRST LORD   O yes, into a thousand similes.
First, for his weeping into the needless stream:
"Poor deer, quoth he, "thou mak'st a testament
As worldlings do, giving thy sum of more
To that which had too much. Then, being there alone,
Left and abandoned of his velvet friends:
'Tis right," quoth he. Thus misery doth part
The flux of company. Anon a careless herd,
Full of the pasture, jumps along by him
And never stays to greet him. Ay, quoth Jaques,

	Sweep on, you fat and greasy citizens.
	'Tis just the fashion. Wherefore do you look
	Upon that poor and broken bankrupt there?"
	Thus most invectively he pierceth through
	The body of country, city, court,
	Yea, and of this our life, swearing that we
	Are mere usurpers, tyrants, and what's worse,
	To fright the animals and to kill them up
	In their assigned and native dwelling place.
DUKE SENIOR	And did you leave him in this contemplation?
SECOND LORD	We did, my lord, weeping and commenting
	Upon the sobbing deer.
DUKE SENIOR	Show me the place.
	I love to cope him in these sullen fits,
	For then he's full of matter.
FIRST LORD	I'll bring you to him straight.

[They exit.]

ACT 2 Scene 2

Enter Duke Frederick with Lords.

DUKE FREDERICK	Can it be possible that no man saw them?
	It cannot be. Some villains of my court
	Are of consent and sufferance in this.
FIRST LORD	I cannot hear of any that did see her.
	The ladies her attendants of her chamber
	Saw her abed, and in the morning early
	They found the bed untreasured of their mistress.

SECOND LORD	My lord, the roinish clown at whom so oft
	Your Grace was wont to laugh is also missing.
	Hisperia, the Princess' gentlewoman,
	Confesses that she secretly o'erheard
	Your daughter and her cousin much commend
	The parts and graces of the wrestler
	That did but lately foil the sinewy Charles,
	And she believes wherever they are gone
	That youth is surely in their company.
DUKE FREDERICK	Send to his brother. Fetch that gallant hither.
	If he be absent, bring his brother to me.
	I'll make him find him. Do this suddenly,
	And let not search and inquisition quail
	To bring again these foolish runaways.

[They exit.]

ACT 2 Scene 3

Enter Orlando and Adam, meeting.

ORLANDO	Who's there?
ADAM	What, my young master, O my gentle master,
	O my sweet master, O you memory
	Of old Sir Rowland! Why, what make you here?
	Why are you virtuous? Why do people love you?
	And wherefore are you gentle, strong, and valiant?
	Why would you be so fond to overcome
	The bonny prizer of the humorous duke?
	Your praise is come too swiftly home before you.

Know you not, master, to some kind of men
Their graces serve them but as enemies?
No more do yours. Your virtues, gentle master,
Are sanctified and holy traitors to you.
O, what a world is this when what is comely
Envenoms him that bears it!

ORLANDO   Why, what's the matter?

ADAM   O unhappy youth,
Come not within these doors. Within this roof
The enemy of all your graces lives.
Your brother — no, no brother — yet the son —
Yet not the son, I will not call him son —
Of him I was about to call his father,
Hath heard your praises, and this night he means
To burn the lodging where you use to lie,
And you within it. If he fail of that,
He will have other means to cut you off.
I overheard him and his practices.
This is no place, this house is but a butchery.
Abhor it, fear it, do not enter it.

ORLANDO   Why, whither, Adam, wouldst thou have me go?

ADAM   No matter whither, so you come not here.

ORLANDO   What, wouldst thou have me go and beg my food,
Or with a base and boist'rous sword enforce
A thievish living on the common road?
This I must do, or know not what to do;
Yet this I will not do, do how I can.
I rather will subject me to the malice
Of a diverted blood and bloody brother.

ADAM   But do not so. I have five hundred crowns,
The thrifty hire I saved under your father,

Which I did store to be my foster nurse
When service should in my old limbs lie lame,
And unregarded age in corners thrown.
Take that, and He that doth the ravens feed,
Yea, providently caters for the sparrow,
Be comfort to my age. Here is the gold.
All this I give you. Let me be your servant.
Though I look old, yet I am strong and lusty,
For in my youth I never did apply
Hot and rebellious liquors in my blood,
Nor did not with unbashful forehead woo
The means of weakness and debility.
Therefore my age is as a lusty winter,
Frosty but kindly. Let me go with you.
I'll do the service of a younger man
In all your business and necessities.

ORLANDO O good old man, how well in thee appears
The constant service of the antique world,
When service sweat for duty, not for meed.
Thou art not for the fashion of these times,
Where none will sweat but for promotion,
And having that do choke their service up
Even with the having. It is not so with thee.
But, poor old man, thou prun'st a rotten tree
That cannot so much as a blossom yield
In lieu of all thy pains and husbandry.
But come thy ways. We'll go along together,
And ere we have thy youthful wages spent,
We'll light upon some settled low content.

ADAM Master, go on, and I will follow thee
To the last gasp with truth and loyalty.

From seventeen years till now almost fourscore
Here lived I, but now live here no more.
At seventeen years, many their fortunes seek,
But at fourscore, it is too late a week.
Yet fortune cannot recompense me better
Than to die well, and not my master's debtor.

[They exit.]

ACT 2 Scene 4

Enter Rosalind for Ganymede, Celia for Aliena, and
Clown, alias Touchstone.

ROSALIND	O Jupiter, how weary are my spirits!
TOUCHSTONE	I care not for my spirits, if my legs were not weary.
ROSALIND	I could find in my heart to disgrace my man's apparel and to cry like a woman, but I must comfort the weaker vessel, as doublet and hose ought to show itself courageous to petticoat. Therefore courage, good Aliena.
CELIA	I pray you bear with me. I cannot go no further.
TOUCHSTONE	For my part, I had rather bear with you than bear you. Yet I should bear no cross if I did bear you, for I think you have no money in your purse.
ROSALIND	Well, this is the Forest of Arden.
TOUCHSTONE	Ay, now am I in Arden, the more fool I. When I was at home I was in a better place, but travelers must be content.
ROSALIND	Ay, be so, good Touchstone.

[Enter Corin and Silvius.]

Look you who comes here, a young man and an old
in solemn talk.

[Rosalind, Celia, and Touchstone step aside
and eavesdrop.]

CORIN   [to Silvius]

That is the way to make her scorn you still.

SILVIUS   O Corin, that thou knew'st how I do love her!

CORIN   I partly guess, for I have loved ere now.

SILVIUS   No, Corin, being old, thou canst not guess,
          Though in thy youth thou wast as true a lover
          As ever sighed upon a midnight pillow.
          But if thy love were ever like to mine —
          As sure I think did never man love so —
          How many actions most ridiculous
          Hast thou been drawn to by thy fantasy?

CORIN   Into a thousand that I have forgotten.

SILVIUS   O, thou didst then never love so heartily.
          If thou rememb'rest not the slightest folly
          That ever love did make thee run into,
          Thou hast not loved.
          Or if thou hast not sat as I do now,
          Wearing thy hearer in thy mistress' praise,
          Thou hast not loved.
          Or if thou hast not broke from company
          Abruptly, as my passion now makes me,
          Thou hast not loved.
          O Phoebe, Phoebe, Phoebe!   [He exits.]

ROSALIND Alas, poor shepherd, searching of thy wound,
          I have by hard adventure found mine own.

TOUCHSTONE And I mine. I remember when I was in

love I broke my sword upon a stone and bid him take that for coming a-night to Jane Smile; and I remember the kissing of her batler, and the cow's dugs that her pretty chopped hands had milked; and I remember the wooing of a peascod instead of her, from whom I took two cods and, giving her them again, said with weeping tears "Wear these for my sake. We that are true lovers run into strange capers. But as all is mortal in nature, so is all nature in love mortal in folly.

ROSALIND Thou speak'st wiser than thou art ware of.

TOUCHSTONE Nay, I shall ne'er be ware of mine own wit till I break my shins against it.

ROSALIND Jove, Jove, this shepherd's passion
Is much upon my fashion.

TOUCHSTONE And mine, but it grows something stale with me.

CELIA I pray you, one of you question yond man, if he for gold will give us any food. I faint almost to death.

TOUCHSTONE [to Corin] Holla, you clown!

ROSALIND Peace, fool. He's not thy kinsman.

CORIN Who calls?

TOUCHSTONE Your betters, sir.

CORIN Else are they very wretched.

ROSALIND [to Touchstone] Peace, I say. [As Ganymede, to Corin.]
Good even to you, friend.

CORIN And to you, gentle sir, and to you all.

ROSALIND [as Ganymede]
I prithee, shepherd, if that love or gold
Can in this desert place buy entertainment,
Bring us where we may rest ourselves and feed.
Here's a young maid with travel much oppressed,

165

And faints for succor.

CORIN   Fair sir, I pity her
And wish for her sake more than for mine own
My fortunes were more able to relieve her.
But I am shepherd to another man
And do not shear the fleeces that I graze.
My master is of churlish disposition
And little recks to find the way to heaven
By doing deeds of hospitality.
Besides, his cote, his flocks, and bounds of feed
Are now on sale, and at our sheepcote now,
By reason of his absence, there is nothing
That you will feed on. But what is, come see,
And in my voice most welcome shall you be.

ROSALIND   [as Ganymede]
What is he that shall buy his flock and pasture?

CORIN   That young swain that you saw here but erewhile,
That little cares for buying anything.

ROSALIND   [as Ganymede] I pray thee, if it stand with honesty,
Buy thou the cottage, pasture, and the flock,
And thou shalt have to pay for it of us.

CELIA   [as Aliena]
And we will mend thy wages. I like this place,
And willingly could waste my time in it.

CORIN   Assuredly the thing is to be sold.
Go with me. If you like upon report
The soil, the profit, and this kind of life,
I will your very faithful feeder be
And buy it with your gold right suddenly.

                                        [They exit.]

ACT 2 Scene 5

Enter Amiens, Jaques, and others.

[Song.]

AMIENS   [sings]

Under the greenwood tree

Who loves to lie with me

And turn his merry note

Unto the sweet bird's throat,

Come hither, come hither, come hither.

Here shall he see

No enemy

But winter and rough weather.

JAQUES   More, more, I prithee, more.

AMIENS   It will make you melancholy, Monsieur Jaques.

JAQUES   I thank it. More, I prithee, more. I can suck melancholy out of a song as a weasel sucks eggs. More, I prithee, more.

AMIENS   My voice is ragged. I know I cannot please you.

JAQUES   I do not desire you to please me. I do desire you to sing. Come, more, another stanzo. Call you 'em "stanzos?"

AMIENS   What you will, Monsieur Jaques.

JAQUES   Nay, I care not for their names. They owe me nothing. Will you sing?

AMIENS   More at your request than to please myself.

JAQUES   Well then, if ever I thank any man, I'll thank you. But that they call "compliment" is like th' encounter of two dog-apes. And when a man thanks me heartily, methinks I have given him a penny and he renders me the beggarly thanks. Come, sing. And you that will not, hold your tongues.

AMIENS Well, I'll end the song. — Sirs, cover the while; the Duke will drink under this tree. — He hath been all this day to look you.

JAQUES And I have been all this day to avoid him. He is too disputable for my company. I think of as many matters as he, but I give heaven thanks and make no boast of them. Come, warble, come.

[Song.]

ALL [together here.]
Who doth ambition shun
    And loves to live i' th' sun,
    Seeking the food he eats
    And pleased with what he gets,
Come hither, come hither, come hither.
    Here shall he see
        No enemy
But winter and rough weather.

JAQUES I'll give you a verse to this note that I made yesterday in despite of my invention.

AMIENS And I'll sing it.

JAQUES Thus it goes:
        If it do come to pass
        That any man turn ass,
        Leaving his wealth and ease
        A stubborn will to please,
    Ducdame, ducdame, ducdame.
        Here shall he see
        Gross fools as he,

An if he will come to me.

AMIENS   What's that "ducdame?"

JAQUES   'Tis a Greek invocation to call fools into a
           circle. I'll go sleep if I can. If I cannot, I'll rail
           against all the first-born of Egypt.

AMIENS   And I'll go seek the Duke. His banquet is prepared.

                                                    [They exit.]

ACT 2 Scene 6

Enter Orlando and Adam.

ADAM   Dear master, I can go no further. O, I die for
           food. Here lie I down and measure out my grave.
           Farewell, kind master.   [He lies down.]

ORLANDO   Why, how now, Adam? No greater heart in thee?
           Live a little, comfort a little, cheer thyself a little.
           If this uncouth forest yield anything savage, I will
           either be food for it or bring it for food to thee. Thy
           conceit is nearer death than thy powers. For my sake,
           be comfortable. Hold death awhile at the arm's end.
           I will here be with thee presently, and if I bring thee
           not something to eat, I will give thee leave to die. But
           if thou diest before I come, thou art a mocker of my
           labor. Well said. Thou look'st cheerly, and I'll be with
           thee quickly. Yet thou liest in the bleak air. Come,
           I will bear thee to some shelter, and thou shalt not
           die for lack of a dinner if there live anything in this
           desert. Cheerly, good Adam.   [They exit.]

ACT 2 Scene 7

Enter Duke Senior and Lords, like outlaws.

DUKE SENIOR   I think he be transformed into a beast,
For I can nowhere find him like a man.

FIRST LORD   My lord, he is but even now gone hence.
Here was he merry, hearing of a song.

DUKE SENIOR   If he, compact of jars, grow musical,
We shall have shortly discord in the spheres.
Go seek him. Tell him I would speak with him.

[Enter Jaques.]

FIRST LORD   He saves my labor by his own approach.

DUKE SENIOR   [to Jaques]
Why, how now, monsieur? What a life is this
That your poor friends must woo your company?
What, you look merrily.

JAQUES   A fool, a fool, I met a fool i' th' forest,
A motley fool. A miserable world!
As I do live by food, I met a fool,
Who laid him down and basked him in the sun
And railed on Lady Fortune in good terms,
In good set terms, and yet a motley fool.
Good morrow, fool, quoth I. No, sir, quoth he,
Call me not 'fool' till heaven hath sent me fortune.
And then he drew a dial from his poke
And, looking on it with lack-luster eye,
Says very wisely It is ten o'clock.
Thus we may see, quoth he, "how the world wags.
'Tis but an hour ago since it was nine,

And after one hour more 'twill be eleven.

And so from hour to hour we ripe and ripe,

And then from hour to hour we rot and rot,

And thereby hangs a tale. When I did hear

The motley fool thus moral on the time,

My lungs began to crow like chanticleer

That fools should be so deep-contemplative,

And I did laugh sans intermission

An hour by his dial. O noble fool!

A worthy fool! Motley's the only wear.

DUKE SENIOR   What fool is this?

JAQUES   O worthy fool! — One that hath been a courtier,

And says If ladies be but young and fair,

They have the gift to know it. And in his brain,

Which is as dry as the remainder biscuit

After a voyage, he hath strange places crammed

With observation, the which he vents

In mangled forms. O, that I were a fool!

I am ambitious for a motley coat.

DUKE SENIOR   Thou shalt have one.

JAQUES   It is my only suit,

Provided that you weed your better judgments

Of all opinion that grows rank in them

That I am wise. I must have liberty

Withal, as large a charter as the wind,

To blow on whom I please, for so fools have.

And they that are most galled with my folly,

They most must laugh. And why, sir, must they so?

The why is plain as way to parish church:

He that a fool doth very wisely hit

Doth very foolishly, although he smart,

Not to seem senseless of the bob. If not,
The wise man's folly is anatomized
Even by the squand'ring glances of the fool.
Invest me in my motley. Give me leave
To speak my mind, and I will through and through
Cleanse the foul body of th' infected world,
If they will patiently receive my medicine.

DUKE SENIOR   Fie on thee! I can tell what thou wouldst do.

JAQUES   What, for a counter, would I do but good?

DUKE SENIOR   Most mischievous foul sin in chiding sin;
For thou thyself hast been a libertine,
As sensual as the brutish sting itself,
And all th' embossed sores and headed evils
That thou with license of free foot hast caught
Wouldst thou disgorge into the general world.

JAQUES   Why, who cries out on pride
That can therein tax any private party?
Doth it not flow as hugely as the sea
Till that the weary very means do ebb?
What woman in the city do I name
When that I say the city-woman bears
The cost of princes on unworthy shoulders?
Who can come in and say that I mean her,
When such a one as she such is her neighbor?
Or what is he of basest function
That says his bravery is not on my cost,
Thinking that I mean him, but therein suits
His folly to the mettle of my speech?
There then. How then, what then? Let me see wherein
My tongue hath wronged him. If it do him right,
Then he hath wronged himself. If he be free,

Why then my taxing like a wild goose flies
Unclaimed of any man.

[Enter Orlando, brandishing a sword.]

But who comes here?

ORLANDO   Forbear, and eat no more.

JAQUES   Why, I have eat none yet.

ORLANDO   Nor shalt not till necessity be served.

JAQUES   Of what kind should this cock come of?

DUKE SENIOR [to Orlando]
            Art thou thus boldened, man, by thy distress,
            Or else a rude despiser of good manners,
            That in civility thou seem'st so empty?

ORLANDO   You touched my vein at first. The thorny point
            Of bare distress hath ta'en from me the show
            Of smooth civility, yet am I inland bred
            And know some nurture. But forbear, I say.
            He dies that touches any of this fruit
            Till I and my affairs are answered.

JAQUES   An you will not be answered with reason,
            I must die.

DUKE SENIOR [to Orlando]
            What would you have? Your gentleness shall force
            More than your force move us to gentleness.

ORLANDO   I almost die for food, and let me have it.

DUKE SENIOR Sit down and feed, and welcome to our table.

ORLANDO   Speak you so gently? Pardon me, I pray you.
            I thought that all things had been savage here,
            And therefore put I on the countenance
            Of stern commandment. But whate'er you are
            That in this desert inaccessible,
            Under the shade of melancholy boughs,

Lose and neglect the creeping hours of time,
If ever you have looked on better days,
If ever been where bells have knolled to church,
If ever sat at any good man's feast,
If ever from your eyelids wiped a tear
And know what 'tis to pity and be pitied,
Let gentleness my strong enforcement be,
In the which hope I blush and hide my sword.

                               [He sheathes his sword.]

DUKE SENIOR   True is it that we have seen better days,
And have with holy bell been knolled to church,
And sat at good men's feasts and wiped our eyes
Of drops that sacred pity hath engendered.
And therefore sit you down in gentleness,
And take upon command what help we have
That to your wanting may be ministered.

ORLANDO   Then but forbear your food a little while
Whiles, like a doe, I go to find my fawn
And give it food. There is an old poor man
Who after me hath many a weary step
Limped in pure love. Till he be first sufficed,
Oppressed with two weak evils, age and hunger,
I will not touch a bit.

DUKE SENIOR   Go find him out,
And we will nothing waste till you return.

ORLANDO   I thank you; and be blessed for your good comfort.

                                     [He exits.]

DUKE SENIOR   Thou seest we are not all alone unhappy.
This wide and universal theater
Presents more woeful pageants than the scene
Wherein we play in.

JAQUES   All the world's a stage,
And all the men and women merely players.
They have their exits and their entrances,
And one man in his time plays many parts,
His acts being seven ages. At first the infant,
Mewling and puking in the nurse's arms.
Then the whining schoolboy with his satchel
And shining morning face, creeping like snail
Unwillingly to school. And then the lover,
Sighing like furnace, with a woeful ballad
Made to his mistress' eyebrow. Then a soldier,
Full of strange oaths and bearded like the pard,
Jealous in honor, sudden and quick in quarrel,
Seeking the bubble reputation
Even in the cannon's mouth. And then the justice,
In fair round belly with good capon lined,
With eyes severe and beard of formal cut,
Full of wise saws and modern instances;
And so he plays his part. The sixth age shifts
Into the lean and slippered pantaloon
With spectacles on nose and pouch on side,
His youthful hose, well saved, a world too wide
For his shrunk shank, and his big manly voice,
Turning again toward childish treble, pipes
And whistles in his sound. Last scene of all,
That ends this strange eventful history,
Is second childishness and mere oblivion,
Sans teeth, sans eyes, sans taste, sans everything.
                    [Enter Orlando, carrying Adam.]
DUKE SENIOR   Welcome. Set down your venerable burden,
And let him feed.

ORLANDO   I thank you most for him.

ADAM   So had you need. —

              I scarce can speak to thank you for myself.

DUKE SENIOR   Welcome. Fall to. I will not trouble you

              As yet to question you about your fortunes. —

              Give us some music, and, good cousin, sing.

                         [The Duke and Orlando continue their

                                      conversation, apart.]

                    [Song.]

AMIENS   [sings]

              Blow, blow, thou winter wind.

                 Thou art not so unkind

                    As man's ingratitude.

                 Thy tooth is not so keen,

                 Because thou art not seen,

                    Although thy breath be rude.

              Heigh-ho, sing heigh-ho, unto the green holly.

              Most friendship is feigning, most loving mere folly.

                 Then heigh-ho, the holly.

                 This life is most jolly.

                 Freeze, freeze, thou bitter sky,

                 That dost not bite so nigh

                    As benefits forgot.

                 Though thou the waters warp,

                 Thy sting is not so sharp

                    As friend remembered not.

              Heigh-ho, sing heigh-ho, unto the green holly.

              Most friendship is feigning, most loving mere folly.

                 Then heigh-ho, the holly.

                 This life is most jolly.

DUKE SENIOR   [to Orlando]

If that you were the good Sir Rowland's son,

As you have whispered faithfully you were,

And as mine eye doth his effigies witness

Most truly limned and living in your face,

Be truly welcome hither. I am the duke

That loved your father. The residue of your fortune

Go to my cave and tell me. — Good old man,

Thou art right welcome as thy master is.

[To Lords.] Support him by the arm. [To Orlando.]

Give me your hand,

And let me all your fortunes understand.

                                        [They exit.]

ACT 3 Scene 1

Enter Duke Frederick, Lords, and Oliver.

DUKE FREDERICK   [to Oliver]

Not see him since? Sir, sir, that cannot be.

But were I not the better part made mercy,

I should not seek an absent argument

Of my revenge, thou present. But look to it:

Find out thy brother wheresoe'er he is.

Seek him with candle. Bring him, dead or living,

Within this twelvemonth, or turn thou no more

To seek a living in our territory.

Thy lands and all things that thou dost call thine,

Worth seizure, do we seize into our hands

Till thou canst quit thee by thy brother's mouth

Of what we think against thee.

OLIVER O, that your Highness knew my heart in this:
I never loved my brother in my life.

DUKE FREDERICK More villain thou. — Well, push him out of
doors,
And let my officers of such a nature
Make an extent upon his house and lands.
Do this expediently, and turn him going.

[They exit.]

ACT 3 Scene 2

Enter Orlando, with a paper.

ORLANDO Hang there, my verse, in witness of my love.
And thou, thrice-crowned queen of night, survey
With thy chaste eye, from thy pale sphere above,
Thy huntress' name that my full life doth sway.
O Rosalind, these trees shall be my books,
And in their barks my thoughts I'll character,
That every eye which in this forest looks
Shall see thy virtue witnessed everywhere.
Run, run, Orlando, carve on every tree
The fair, the chaste, and unexpressive she.

[He exits.]
[Enter Corin and Touchstone.]

CORIN And how like you this shepherd's life, Master
Touchstone?

TOUCHSTONE Truly, shepherd, in respect of itself, it is a good life;

but in respect that it is a shepherd's life, it is naught. In respect that it is solitary, I like it very well; but in respect that it is private, it is a very vile life. Now in respect it is in the fields, it pleaseth me well; but in respect it is not in the court, it is tedious. As it is a spare life, look you, it fits my humor well; but as there is no more plenty in it, it goes much against my stomach. Hast any philosophy in thee, shepherd?

CORIN   No more but that I know the more one sickens, the worse at ease he is, and that he that wants money, means, and content is without three good friends; that the property of rain is to wet, and fire to burn; that good pasture makes fat sheep; and that a great cause of the night is lack of the sun; that he that hath learned no wit by nature nor art may complain of good breeding or comes of a very dull kindred.

TOUCHSTONE   Such a one is a natural philosopher. Wast ever in court, shepherd?

CORIN   No, truly.

TOUCHSTONE   Then thou art damned.

CORIN   Nay, I hope.

TOUCHSTONE   Truly, thou art damned, like an ill-roasted egg, all on one side.

CORIN   For not being at court? Your reason.

TOUCHSTONE   Why, if thou never wast at court, thou never saw'st good manners; if thou never saw'st good manners, then thy manners must be wicked, and wickedness is sin, and sin is damnation. Thou art in a parlous state, shepherd.

CORIN   Not a whit, Touchstone. Those that are good manners at the court are as ridiculous in the

country as the behavior of the country is most
mockable at the court. You told me you salute not at
the court but you kiss your hands. That courtesy
would be uncleanly if courtiers were shepherds.

TOUCHSTONE   Instance, briefly. Come, instance.

CORIN   Why, we are still handling our ewes, and their
fells, you know, are greasy.

TOUCHSTONE   Why, do not your courtier's hands sweat?
And is not the grease of a mutton as wholesome as
the sweat of a man? Shallow, shallow. A better
instance, I say. Come.

CORIN   Besides, our hands are hard.

TOUCHSTONE   Your lips will feel them the sooner. Shallow
again. A more sounder instance. Come.

CORIN   And they are often tarred over with the surgery
of our sheep; and would you have us kiss tar? The
courtier's hands are perfumed with civet.

TOUCHSTONE   Most shallow man. Thou worms' meat in respect of
a good piece of flesh, indeed. Learn of the wise and
perpend: civet is of a baser birth than tar, the very
uncleanly flux of a cat. Mend the instance, shepherd.

CORIN   You have too courtly a wit for me. I'll rest.

TOUCHSTONE   Wilt thou rest damned? God help thee,
shallow man. God make incision in thee; thou art raw.

CORIN   Sir, I am a true laborer. I earn that I eat, get that
I wear, owe no man hate, envy no man's happiness,
glad of other men's good, content with my harm,
and the greatest of my pride is to see my ewes graze
and my lambs suck.

TOUCHSTONE   That is another simple sin in you, to bring
the ewes and the rams together and to offer to get

your living by the copulation of cattle; to be bawd to
a bell-wether and to betray a she-lamb of a twelvemonth
to a crooked-pated old cuckoldly ram, out of
all reasonable match. If thou be'st not damned for
this, the devil himself will have no shepherds. I
cannot see else how thou shouldst 'scape.

[Enter Rosalind, as Ganymede.]

CORIN   Here comes young Master Ganymede, my new
mistress's brother.

ROSALIND   [as Ganymede, reading a paper]
From the east to western Ind
No jewel is like Rosalind.
Her worth being mounted on the wind,
Through all the world bears Rosalind.
All the pictures fairest lined
Are but black to Rosalind.
Let no face be kept in mind
But the fair of Rosalind.

TOUCHSTONE   I'll rhyme you so eight years together,
dinners and suppers and sleeping hours excepted.
It is the right butter-women's rank to market.

ROSALIND   [as Ganymede] Out, fool.

TOUCHSTONE   For a taste:
If a hart do lack a hind,
Let him seek out Rosalind.
If the cat will after kind,
So be sure will Rosalind.
Wintered garments must be lined;
So must slender Rosalind.
They that reap must sheaf and bind;
Then to cart with Rosalind.

Sweetest nut hath sourest rind;
Such a nut is Rosalind.
He that sweetest rose will find
Must find love's prick, and Rosalind.
This is the very false gallop of verses. Why do you
infect yourself with them?

ROSALIND [as Ganymede] Peace, you dull fool. I found
them on a tree.

TOUCHSTONE Truly, the tree yields bad fruit.

ROSALIND [as Ganymede] I'll graft it with you, and
then I shall graft it with a medlar. Then it will be
the earliest fruit i' th' country, for you'll be rotten
ere you be half ripe, and that's the right virtue of
the medlar.

TOUCHSTONE You have said, but whether wisely or no,
let the forest judge.

[Enter Celia, as Aliena, with a writing.]

ROSALIND [as Ganymede]
Peace. Here comes my sister
reading. Stand aside.

CELIA [as Aliena, reads]
Why should this a desert be?
    For it is unpeopled? No.
Tongues I'll hang on every tree
    That shall civil sayings show.
Some how brief the life of man
    Runs his erring pilgrimage,
That the stretching of a span
    Buckles in his sum of age;
Some of violated vows
    'Twixt the souls of friend and friend.

But upon the fairest boughs,
　Or at every sentence' end,
Will I "Rosalinda write,
　Teaching all that read to know
The quintessence of every sprite
　Heaven would in little show.
Therefore heaven nature charged
　That one body should be filled
With all graces wide-enlarged.
　Nature presently distilled
Helen's cheek, but not her heart,
　Cleopatra's majesty,
Atalanta's better part,
　Sad Lucretia's modesty.
Thus Rosalind of many parts
　By heavenly synod was devised
Of many faces, eyes, and hearts
　To have the touches dearest prized.
Heaven would that she these gifts should have
And I to live and die her slave.

ROSALIND　[as Ganymede] O most gentle Jupiter, what tedious homily of love have you wearied your parishioners withal, and never cried "Have patience, good people!"

CELIA　[as Aliena] How now? — Back, friends. Shepherd, go off a little. — Go with him, sirrah.

TOUCHSTONE　Come, shepherd, let us make an honorable retreat, though not with bag and baggage, yet with scrip and scrippage.
　　　　　　　[Touchstone and Corin exit.]

CELIA　Didst thou hear these verses?

ROSALIND　O yes, I heard them all, and more too, for some of them

	had in them more feet than the verses would bear.
CELIA	That's no matter. The feet might bear the verses.
ROSALIND	Ay, but the feet were lame and could not bear themselves without the verse, and therefore stood lamely in the verse.
CELIA	But didst thou hear without wondering how thy name should be hanged and carved upon these trees?
ROSALIND	I was seven of the nine days out of the wonder before you came, for look here what I found on a palm tree. [She shows the paper she read.] I was never so berhymed since Pythagoras' time that I was an Irish rat, which I can hardly remember.
CELIA	Trow you who hath done this?
ROSALIND	Is it a man?
CELIA	And a chain, that you once wore, about his neck. Change you color?
ROSALIND	I prithee, who?
CELIA	O Lord, Lord, it is a hard matter for friends to meet, but mountains may be removed with earthquakes and so encounter.
ROSALIND	Nay, but who is it?
CELIA	Is it possible?
ROSALIND	Nay, I prithee now, with most petitionary vehemence, tell me who it is.
CELIA	O wonderful, wonderful, and most wonderful wonderful, and yet again wonderful, and after that out of all whooping!
ROSALIND	Good my complexion, dost thou think though I am caparisoned like a man, I have a doublet and hose in my disposition? One inch of delay more is a South Sea of discovery. I prithee,

tell me who is it quickly, and speak apace. I would thou couldst stammer, that thou might'st pour this concealed man out of thy mouth as wine comes out of a narrow-mouthed bottle — either too much at once, or none at all. I prithee take the cork out of thy mouth, that I may drink thy tidings.

CELIA   So you may put a man in your belly.

ROSALIND Is he of God's making? What manner of man? Is his head worth a hat, or his chin worth a beard?

CELIA   Nay, he hath but a little beard.

ROSALIND Why, God will send more, if the man will be thankful. Let me stay the growth of his beard, if thou delay me not the knowledge of his chin.

CELIA   It is young Orlando, that tripped up the wrestler's heels and your heart both in an instant.

ROSALIND Nay, but the devil take mocking. Speak sad brow and true maid.

CELIA   I' faith, coz, 'tis he.

ROSALIND Orlando?

CELIA   Orlando.

ROSALIND Alas the day, what shall I do with my doublet and hose? What did he when thou saw'st him? What said he? How looked he? Wherein went he? What makes he here? Did he ask for me? Where remains he? How parted he with thee? And when shalt thou see him again? Answer me in one word.

CELIA   You must borrow me Gargantua's mouth first. 'Tis a word too great for any mouth of this age's size. To say ay and no to these particulars is more than to answer in a catechism.

ROSALIND But doth he know that I am in this forest and

in man's apparel? Looks he as freshly as he did the day he wrestled?

CELIA It is as easy to count atomies as to resolve the propositions of a lover. But take a taste of my finding him, and relish it with good observance. I found him under a tree like a dropped acorn.

ROSALIND It may well be called Jove's tree when it drops forth such fruit.

CELIA Give me audience, good madam.

ROSALIND Proceed.

CELIA There lay he, stretched along like a wounded knight.

ROSALIND Though it be pity to see such a sight, it well becomes the ground.

CELIA Cry "holla to thy tongue, I prithee. It curvets unseasonably. He was furnished like a hunter.

ROSALIND O, ominous! He comes to kill my heart.

CELIA I would sing my song without a burden. Thou bring'st me out of tune.

ROSALIND Do you not know I am a woman? When I think, I must speak. Sweet, say on.

CELIA You bring me out.

[Enter Orlando and Jaques.]

Soft, comes he not here?

ROSALIND 'Tis he. Slink by, and note him.

[Rosalind and Celia step aside.]

JAQUES [to Orlando] I thank you for your company, but, good faith, I had as lief have been myself alone.

ORLANDO And so had I, but yet, for fashion sake, I thank you too for your society.

JAQUES God be wi' you. Let's meet as little as we can.

ORLANDO I do desire we may be better strangers.

JAQUES	I pray you mar no more trees with writing love songs in their barks.
ORLANDO	I pray you mar no more of my verses with reading them ill-favoredly.
JAQUES	Rosalind is your love's name?
ORLANDO	Yes, just.
JAQUES	I do not like her name.
ORLANDO	There was no thought of pleasing you when she was christened.
JAQUES	What stature is she of?
ORLANDO	Just as high as my heart.
JAQUES	You are full of pretty answers. Have you not been acquainted with goldsmiths' wives and conned them out of rings?
ORLANDO	Not so. But I answer you right painted cloth, from whence you have studied your questions.
JAQUES	You have a nimble wit. I think 'twas made of Atalanta's heels. Will you sit down with me? And we two will rail against our mistress the world and all our misery.
ORLANDO	I will chide no breather in the world but myself, against whom I know most faults.
JAQUES	The worst fault you have is to be in love.
ORLANDO	'Tis a fault I will not change for your best virtue. I am weary of you.
JAQUES	By my troth, I was seeking for a fool when I found you.
ORLANDO	He is drowned in the brook. Look but in, and you shall see him.
JAQUES	There I shall see mine own figure.
ORLANDO	Which I take to be either a fool or a cipher.
JAQUES	I'll tarry no longer with you. Farewell, good

Signior Love.

ORLANDO I am glad of your departure. Adieu, good
Monsieur Melancholy.   [Jaques exits.]

ROSALIND [aside to Celia] I will speak to him like a
saucy lackey, and under that habit play the knave
with him. [As Ganymede.] Do you hear, forester?

ORLANDO Very well. What would you?

ROSALIND [as Ganymede] I pray you, what is 't o'clock?

ORLANDO You should ask me what time o' day. There's
no clock in the forest.

ROSALIND [as Ganymede] Then there is no true lover
in the forest; else sighing every minute and
groaning every hour would detect the lazy foot of
time as well as a clock.

ORLANDO And why not the swift foot of time? Had not
that been as proper?

ROSALIND [as Ganymede] By no means, sir. Time
travels in divers paces with divers persons. I'll tell
you who time ambles withal, who time trots withal,
who time gallops withal, and who he stands still withal.

ORLANDO I prithee, who doth he trot withal?

ROSALIND [as Ganymede] Marry, he trots hard with a
young maid between the contract of her marriage
and the day it is solemnized. If the interim be but a
se'nnight, time's pace is so hard that it seems the
length of seven year.

ORLANDO Who ambles time withal?

ROSALIND [as Ganymede] With a priest that lacks Latin
and a rich man that hath not the gout, for the one
sleeps easily because he cannot study, and the other
lives merrily because he feels no pain — the one

	lacking the burden of lean and wasteful learning, the other knowing no burden of heavy tedious penury. These time ambles withal.
ORLANDO	Who doth he gallop withal?
ROSALIND	[as Ganymede] With a thief to the gallows, for though he go as softly as foot can fall, he thinks himself too soon there.
ORLANDO	Who stays it still withal?
ROSALIND	[as Ganymede] With lawyers in the vacation, for they sleep between term and term, and then they perceive not how time moves.
ORLANDO	Where dwell you, pretty youth?
ROSALIND	[as Ganymede] With this shepherdess, my sister, here in the skirts of the forest, like fringe upon a petticoat.
ORLANDO	Are you native of this place?
ROSALIND	[as Ganymede] As the cony that you see dwell where she is kindled.
ORLANDO	Your accent is something finer than you could purchase in so removed a dwelling.
ROSALIND	[as Ganymede] I have been told so of many. But indeed an old religious uncle of mine taught me to speak, who was in his youth an inland man, one that knew courtship too well, for there he fell in love. I have heard him read many lectures against it, and I thank God I am not a woman, to be touched with so many giddy offenses as he hath generally taxed their whole sex withal.
ORLANDO	Can you remember any of the principal evils that he laid to the charge of women?
ROSALIND	[as Ganymede] There were none principal.

They were all like one another as halfpence are,
every one fault seeming monstrous till his fellow
fault came to match it.

ORLANDO   I prithee recount some of them.

ROSALIND   [as Ganymede] No, I will not cast away my physic
but on those that are sick. There is a man haunts
the forest that abuses our young plants with carving
"Rosalind on their barks, hangs odes upon hawthorns
and elegies on brambles, all, forsooth, deifying the
name of Rosalind. If I could meet that fancy-monger,
I would give him some good counsel, for he seems to
have the quotidian of love upon him.

ORLANDO   I am he that is so love-shaked. I pray you tell
me your remedy.

ROSALIND   [as Ganymede] There is none of my uncle's
marks upon you. He taught me how to know a man
in love, in which cage of rushes I am sure you are
not prisoner.

ORLANDO   What were his marks?

ROSALIND   [as Ganymede] A lean cheek, which you
have not; a blue eye and sunken, which you have
not; an unquestionable spirit, which you have not; a
beard neglected, which you have not — but I pardon
you for that, for simply your having in beard is a
younger brother's revenue. Then your hose should
be ungartered, your bonnet unbanded, your sleeve
unbuttoned, your shoe untied, and everything
about you demonstrating a careless desolation. But
you are no such man. You are rather point-device in
your accouterments, as loving yourself than seeming
the lover of any other.

ORLANDO	Fair youth, I would I could make thee believe I love.
ROSALIND	[as Ganymede] Me believe it? You may as soon make her that you love believe it, which I warrant she is apter to do than to confess she does. That is one of the points in the which women still give the lie to their consciences. But, in good sooth, are you he that hangs the verses on the trees wherein Rosalind is so admired?
ORLANDO	I swear to thee, youth, by the white hand of Rosalind, I am that he, that unfortunate he.
ROSALIND	[as Ganymede] But are you so much in love as your rhymes speak?
ORLANDO	Neither rhyme nor reason can express how much.
ROSALIND	[as Ganymede] Love is merely a madness, and, I tell you, deserves as well a dark house and a whip as madmen do; and the reason why they are not so punished and cured is that the lunacy is so ordinary that the whippers are in love too. Yet I profess curing it by counsel.
ORLANDO	Did you ever cure any so?
ROSALIND	[as Ganymede] Yes, one, and in this manner. He was to imagine me his love, his mistress, and I set him every day to woo me; at which time would I, being but a moonish youth, grieve, be effeminate, changeable, longing and liking, proud, fantastical, apish, shallow, inconstant, full of tears, full of smiles; for every passion something, and for no passion truly anything, as boys and women are, for the most part, cattle of this color; would now like him, now loathe him; then entertain him, then forswear him; now weep for him, then spit at him,

that I drave my suitor from his mad humor of love
to a living humor of madness, which was to forswear
the full stream of the world and to live in a
nook merely monastic. And thus I cured him, and
this way will I take upon me to wash your liver as
clean as a sound sheep's heart, that there shall not
be one spot of love in 't.

ORLANDO	I would not be cured, youth.

ROSALIND	[as Ganymede] I would cure you if you
would but call me Rosalind and come every day to
my cote and woo me.

ORLANDO	Now, by the faith of my love, I will. Tell me
where it is.

ROSALIND	[as Ganymede] Go with me to it, and I'll
show it you; and by the way you shall tell me where
in the forest you live. Will you go?

ORLANDO	With all my heart, good youth.

ROSALIND	[as Ganymede] Nay, you must call me
Rosalind. — Come, sister, will you go?

[They exit.]

ACT 3 Scene 3

Enter Touchstone and Audrey, followed by Jaques.

TOUCHSTONE	Come apace, good Audrey. I will fetch up
your goats, Audrey. And how, Audrey? Am I the
man yet? Doth my simple feature content you?

AUDREY	Your features, Lord warrant us! What features?

TOUCHSTONE	I am here with thee and thy goats, as the most capricious poet, honest Ovid, was among the Goths.
JAQUES	[aside] O knowledge ill-inhabited, worse than Jove in a thatched house.
TOUCHSTONE	When a man's verses cannot be understood, nor a man's good wit seconded with the forward child, understanding, it strikes a man more dead than a great reckoning in a little room. Truly, I would the gods had made thee poetical.
AUDREY	I do not know what "poetical is. Is it honest in deed and word? Is it a true thing?
TOUCHSTONE	No, truly, for the truest poetry is the most feigning, and lovers are given to poetry, and what they swear in poetry may be said as lovers they do feign.
AUDREY	Do you wish, then, that the gods had made me poetical?
TOUCHSTONE	I do, truly, for thou swear'st to me thou art honest. Now if thou wert a poet, I might have some hope thou didst feign.
AUDREY	Would you not have me honest?
TOUCHSTONE	No, truly, unless thou wert hard-favored; for honesty coupled to beauty is to have honey a sauce to sugar.
JAQUES	[aside] A material fool.
AUDREY	Well, I am not fair, and therefore I pray the gods make me honest.
TOUCHSTONE	Truly, and to cast away honesty upon a foul slut were to put good meat into an unclean dish.
AUDREY	I am not a slut, though I thank the gods I am foul.
TOUCHSTONE	Well, praised be the gods for thy foulness; sluttishness may come hereafter. But be it as it may be, I will marry thee; and to that end I have been

with Sir Oliver Martext, the vicar of the next village,
who hath promised to meet me in this place of the
forest and to couple us.

JAQUES [aside] I would fain see this meeting.

AUDREY Well, the gods give us joy.

TOUCHSTONE Amen. A man may, if he were of a fearful heart,
stagger in this attempt, for here we have no temple
but the wood, no assembly but horn-beasts. But
what though? Courage. As horns are odious, they
are necessary. It is said "Many a man knows no end
of his goods. Right: many a man has good horns and
knows no end of them. Well, that is the dowry of his
wife; 'tis none of his own getting. Horns? Even so.
Poor men alone? No, no. The noblest deer hath them
as huge as the rascal. Is the single man therefore
blessed? No. As a walled town is more worthier than
a village, so is the forehead of a married man more
honorable than the bare brow of a bachelor. And
by how much defense is better than no skill, by so
much is a horn more precious than to want.

[Enter Sir Oliver Martext.]

Here comes Sir Oliver. — Sir Oliver Martext, you are
well met. Will you dispatch us here under this tree,
or shall we go with you to your chapel?

OLIVER MARTEXT Is there none here to give the woman?

TOUCHSTONE I will not take her on gift of any man.

OLIVER MARTEXT Truly, she must be given, or the
marriage is not lawful.

JAQUES [coming forward] Proceed, proceed. I'll give her.

TOUCHSTONE Good even, good Monsieur What-you-call-'t.
How do you, sir? You are very well met. God

'ild you for your last company. I am very glad to see
you. Even a toy in hand here, sir. Nay, pray be covered.

JAQUES Will you be married, motley?

TOUCHSTONE As the ox hath his bow, sir, the horse his curb, and
the falcon her bells, so man hath his desires; and as
pigeons bill, so wedlock would be nibbling.

JAQUES And will you, being a man of your breeding, be
married under a bush like a beggar? Get you to
church, and have a good priest that can tell you what
marriage is. This fellow will but join you together
as they join wainscot. Then one of you will prove a
shrunk panel and, like green timber, warp, warp.

TOUCHSTONE I am not in the mind but I were better to be married
of him than of another, for he is not like to marry
me well, and not being well married, it will be a
good excuse for me hereafter to leave my wife.

JAQUES Go thou with me, and let me counsel thee.

TOUCHSTONE Come, sweet Audrey. We must be married,
or we must live in bawdry. — Farewell, good
Master Oliver, not

> O sweet Oliver,
> O brave Oliver,
> Leave me not behind thee, But
> Wind away,
> Begone, I say,
> I will not to wedding with thee.

[Audrey, Touchstone, and Jaques exit.]

OLIVER MARTEXT 'Tis no matter. Ne'er a fantastical
knave of them all shall flout me out of my calling.

[He exits.]

ACT 3 Scene 4

Enter Rosalind, dressed as Ganymede, and Celia,
dressed as Aliena.

ROSALIND	Never talk to me. I will weep.
CELIA	Do, I prithee, but yet have the grace to consider that tears do not become a man.
ROSALIND	But have I not cause to weep?
CELIA	As good cause as one would desire. Therefore weep.
ROSALIND	His very hair is of the dissembling color.
CELIA	Something browner than Judas's. Marry, his kisses are Judas's own children.
ROSALIND	I' faith, his hair is of a good color.
CELIA	An excellent color. Your chestnut was ever the only color.
ROSALIND	And his kissing is as full of sanctity as the touch of holy bread.
CELIA	He hath bought a pair of cast lips of Diana. A nun of winter's sisterhood kisses not more religiously. The very ice of chastity is in them.
ROSALIND	But why did he swear he would come this morning, and comes not?
CELIA	Nay, certainly, there is no truth in him.
ROSALIND	Do you think so?
CELIA	Yes, I think he is not a pickpurse nor a horse-stealer, but for his verity in love, I do think him as concave as a covered goblet or a worm-eaten nut.
ROSALIND	Not true in love?
CELIA	Yes, when he is in, but I think he is not in.
ROSALIND	You have heard him swear downright he was.

CELIA	Was is not is. Besides, the oath of a lover is no stronger than the word of a tapster. They are both the confirmer of false reckonings. He attends here in the forest on the Duke your father.
ROSALIND	I met the Duke yesterday and had much question with him. He asked me of what parentage I was. I told him, of as good as he. So he laughed and let me go. But what talk we of fathers when there is such a man as Orlando?
CELIA	O, that's a brave man. He writes brave verses, speaks brave words, swears brave oaths, and breaks them bravely, quite traverse, athwart the heart of his lover, as a puny tilter that spurs his horse but on one side breaks his staff like a noble goose; but all's brave that youth mounts and folly guides.

[Enter Corin.]

Who comes here?

CORIN	Mistress and master, you have oft inquired After the shepherd that complained of love, Who you saw sitting by me on the turf, Praising the proud disdainful shepherdess That was his mistress.
CELIA	[as Aliena] Well, and what of him?
CORIN	If you will see a pageant truly played Between the pale complexion of true love And the red glow of scorn and proud disdain, Go hence a little, and I shall conduct you If you will mark it.
ROSALIND	[aside to Celia] O come, let us remove. The sight of lovers feedeth those in love.

[As Ganymede, to Corin.]

Bring us to this sight, andyou shall say

I'll prove a busy actor in their play.

[They exit.]

ACT 3 Scene 5

Enter Silvius and Phoebe.

SILVIUS   Sweet Phoebe, do not scorn me. Do not, Phoebe.

Say that you love me not, but say not so

In bitterness. The common executioner,

Whose heart th' accustomed sight of death makes hard,

Falls not the axe upon the humbled neck

But first begs pardon. Will you sterner be

Than he that dies and lives by bloody drops?

[Enter, unobserved, Rosalind as Ganymede, Celia as

Aliena, and Corin.]

PHOEBE   I would not be thy executioner.

I fly thee, for I would not injure thee.

Thou tell'st me there is murder in mine eye.

'Tis pretty, sure, and very probable

That eyes, that are the frail'st and softest things,

Who shut their coward gates on atomies,

Should be called tyrants, butchers, murderers.

Now I do frown on thee with all my heart,

And if mine eyes can wound, now let them kill thee.

Now counterfeit to swoon; why, now fall down;

Or if thou canst not, O, for shame, for shame,

Lie not, to say mine eyes are murderers.

Now show the wound mine eye hath made in thee.
Scratch thee but with a pin, and there remains
Some scar of it. Lean upon a rush,
The cicatrice and capable impressure
Thy palm some moment keeps. But now mine eyes,
Which I have darted at thee, hurt thee not;
Nor I am sure there is no force in eyes
That can do hurt.

SILVIUS   O dear Phoebe,
If ever — as that ever may be near —
You meet in some fresh cheek the power of fancy,
Then shall you know the wounds invisible
That love's keen arrows make.

PHOEBE   But till that time
Come not thou near me. And when that time comes,
Afflict me with thy mocks, pity me not,
As till that time I shall not pity thee.

ROSALIND   [as Ganymede, coming forward]
And why, I pray you? Who might be your mother,
That you insult, exult, and all at once,
Over the wretched? What though you have no beauty —
As, by my faith, I see no more in you
Than without candle may go dark to bed —
Must you be therefore proud and pitiless?
Why, what means this? Why do you look on me?
I see no more in you than in the ordinary
Of nature's sale-work. — 'Od's my little life,
I think she means to tangle my eyes, too. —
No, faith, proud mistress, hope not after it.
'Tis not your inky brows, your black silk hair,
Your bugle eyeballs, nor your cheek of cream

199

That can entame my spirits to your worship. —
You foolish shepherd, wherefore do you follow her,
Like foggy south puffing with wind and rain?
You are a thousand times a properer man
Than she a woman. 'Tis such fools as you
That makes the world full of ill-favored children.
'Tis not her glass but you that flatters her,
And out of you she sees herself more proper
Than any of her lineaments can show her. —
But, mistress, know yourself. Down on your knees
And thank heaven, fasting, for a good man's love,
For I must tell you friendly in your ear,
Sell when you can; you are not for all markets.
Cry the man mercy, love him, take his offer.
Foul is most foul, being foul to be a scoffer. —
So take her to thee, shepherd. Fare you well.

PHOEBE   Sweet youth, I pray you chide a year together.
I had rather hear you chide than this man woo.

ROSALIND   [as Ganymede]
He's fall'n in love with your
foulness. [(To Silvius.)] And she'll fall in love with
my anger. If it be so, as fast as she answers thee with
frowning looks, I'll sauce her with bitter words. [(To
Phoebe.)] Why look you so upon me?

PHOEBE   For no ill will I bear you.

ROSALIND   [as Ganymede]
I pray you, do not fall in love with me,
For I am falser than vows made in wine.
Besides, I like you not. If you will know my house,
'Tis at the tuft of olives, here hard by. —
Will you go, sister? — Shepherd, ply her hard. —

Come, sister. — Shepherdess, look on him better,
And be not proud. Though all the world could see,
None could be so abused in sight as he. —
Come, to our flock.

                              [She exits, with Celia and Corin.]

PHOEBE [aside] Dead shepherd, now I find thy saw of might:
"Who ever loved that loved not at first sight?"

SILVIUS Sweet Phoebe —

PHOEBE   Ha, what sayst thou, Silvius?

SILVIUS Sweet Phoebe, pity me.

PHOEBE Why, I am sorry for thee, gentle Silvius.

SILVIUS Wherever sorrow is, relief would be.
If you do sorrow at my grief in love,
By giving love your sorrow and my grief
Were both extermined.

PHOEBE Thou hast my love. Is not that neighborly?

SILVIUS I would have you.

PHOEBE   Why, that were covetousness.
Silvius, the time was that I hated thee;
And yet it is not that I bear thee love;
But since that thou canst talk of love so well,
Thy company, which erst was irksome to me,
I will endure, and I'll employ thee too.
But do not look for further recompense
Than thine own gladness that thou art employed.

SILVIUS So holy and so perfect is my love,
And I in such a poverty of grace,
That I shall think it a most plenteous crop
To glean the broken ears after the man
That the main harvest reaps. Loose now and then
A scattered smile, and that I'll live upon.

PHOEBE	Know'st thou the youth that spoke to me erewhile?
SILVIUS	Not very well, but I have met him oft,
	And he hath bought the cottage and the bounds
	That the old carlot once was master of.
PHOEBE	Think not I love him, though I ask for him.
	'Tis but a peevish boy — yet he talks well —
	But what care I for words? Yet words do well
	When he that speaks them pleases those that hear.
	It is a pretty youth — not very pretty —
	But sure he's proud — and yet his pride becomes him.
	He'll make a proper man. The best thing in him
	Is his complexion; and faster than his tongue
	Did make offense, his eye did heal it up.
	He is not very tall — yet for his years he's tall.
	His leg is but so-so — and yet 'tis well.
	There was a pretty redness in his lip,
	A little riper and more lusty red
	Than that mixed in his cheek: 'twas just the difference
	Betwixt the constant red and mingled damask.
	There be some women, Silvius, had they marked him
	In parcels as I did, would have gone near
	To fall in love with him; but for my part
	I love him not nor hate him not; and yet
	I have more cause to hate him than to love him.
	For what had he to do to chide at me?
	He said mine eyes were black and my hair black,
	And now I am remembered, scorned at me.
	I marvel why I answered not again.
	But that's all one: omittance is no quittance.
	I'll write to him a very taunting letter,
	And thou shalt bear it. Wilt thou, Silvius?

| SILVIUS | Phoebe, with all my heart. |
| PHOEBE | I'll write it straight. |

The matter's in my head and in my heart.

I will be bitter with him and passing short.

Go with me, Silvius.

[They exit.]

ACT 4 Scene 1

Enter Rosalind as Ganymede, and Celia as Aliena,
and Jaques.

JAQUES I prithee, pretty youth, let me be better
acquainted with thee.

ROSALIND [as Ganymede] They say you are a melancholy fellow.

JAQUES I am so. I do love it better than laughing.

ROSALIND [as Ganymede] Those that are in extremity of
either are abominable fellows and betray themselves
to every modern censure worse than drunkards.

JAQUES Why, 'tis good to be sad and say nothing.

ROSALIND [as Ganymede] Why then, 'tis good to be a post.

JAQUES I have neither the scholar's melancholy, which
is emulation; nor the musician's, which is fantastical;
nor the courtier's, which is proud; nor the
soldier's, which is ambitious; nor the lawyer's,
which is politic; nor the lady's, which is nice; nor
the lover's, which is all these; but it is a melancholy
of mine own, compounded of many simples, extracted
from many objects, and indeed the sundry

	contemplation of my travels, in which my often rumination wraps me in a most humorous sadness.
ROSALIND	[as Ganymede] A traveller. By my faith, you have great reason to be sad. I fear you have sold your own lands to see other men's. Then to have seen much and to have nothing is to have rich eyes and poor hands.
JAQUES	Yes, I have gained my experience.
ROSALIND	[as Ganymede] And your experience makes you sad. I had rather have a fool to make me merry than experience to make me sad — and to travel for it too.

[Enter Orlando.]

ORLANDO	Good day and happiness, dear Rosalind.
JAQUES	Nay then, God be wi' you, an you talk in blank verse.
ROSALIND	[as Ganymede] Farewell, Monsieur Traveller. Look you lisp and wear strange suits, disable all the benefits of your own country, be out of love with your nativity, and almost chide God for making you that countenance you are, or I will scarce think you have swam in a gondola.

[Jaques exits.]

Why, how now, Orlando, where have you been all this while? You a lover? An you serve me such another trick, never come in my sight more.

ORLANDO	My fair Rosalind, I come within an hour of my promise.
ROSALIND	[as Ganymede] Break an hour's promise in love? He that will divide a minute into a thousand parts and break but a part of the thousand part of a minute in the affairs of love, it may be said of him that Cupid hath clapped him o' th' shoulder, but I'll warrant him heart-whole.

ORLANDO	Pardon me, dear Rosalind.
ROSALIND	[as Ganymede] Nay, an you be so tardy, come no more in my sight. I had as lief be wooed of a snail.
ORLANDO	Of a snail?
ROSALIND	[as Ganymede] Ay, of a snail, for though he comes slowly, he carries his house on his head — a better jointure, I think, than you make a woman. Besides, he brings his destiny with him.
ORLANDO	What's that?
ROSALIND	[as Ganymede] Why, horns, which such as you are fain to be beholding to your wives for. But he comes armed in his fortune and prevents the slander of his wife.
ORLANDO	Virtue is no hornmaker, and my Rosalind is virtuous.
ROSALIND	[as Ganymede] And I am your Rosalind.
CELIA	[as Aliena] It pleases him to call you so, but he hath a Rosalind of a better leer than you.
ROSALIND	[as Ganymede, to Orlando] Come, woo me, woo me, for now I am in a holiday humor, and like enough to consent. What would you say to me now an I were your very, very Rosalind?
ORLANDO	I would kiss before I spoke.
ROSALIND	[as Ganymede] Nay, you were better speak first, and when you were gravelled for lack of matter, you might take occasion to kiss. Very good orators, when they are out, they will spit; and for lovers lacking — God warn us — matter, the cleanliest shift is to kiss.
ORLANDO	How if the kiss be denied?
ROSALIND	[as Ganymede] Then she puts you to entreaty, and there begins new matter.

ORLANDO	Who could be out, being before his beloved mistress?
ROSALIND	[as Ganymede] Marry, that should you if I were your mistress, or I should think my honesty ranker than my wit.
ORLANDO	What, of my suit?
ROSALIND	[as Ganymede] Not out of your apparel, and yet out of your suit. Am not I your Rosalind?
ORLANDO	I take some joy to say you are because I would be talking of her.
ROSALIND	[as Ganymede] Well, in her person I say I will not have you.
ORLANDO	Then, in mine own person I die.
ROSALIND	[as Ganymede] No, faith, die by attorney. The poor world is almost six thousand years old, and in all this time there was not any man died in his own person, videlicet, in a love cause. Troilus had his brains dashed out with a Grecian club, yet he did what he could to die before, and he is one of the patterns of love. Leander, he would have lived many a fair year though Hero had turned nun, if it had not been for a hot midsummer night, for, good youth, he went but forth to wash him in the Hellespont and, being taken with the cramp, was drowned; and the foolish chroniclers of that age found it was Hero of Sestos. But these are all lies. Men have died from time to time and worms have eaten them, but not for love.
ORLANDO	I would not have my right Rosalind of this mind, for I protest her frown might kill me.
ROSALIND	[as Ganymede] By this hand, it will not kill a fly. But come; now I will be your Rosalind in a more

	coming-on disposition, and ask me what you will, I will grant it.
ORLANDO	Then love me, Rosalind.
ROSALIND	[as Ganymede] Yes, faith, will I, Fridays and Saturdays and all.
ORLANDO	And wilt thou have me?
ROSALIND	[as Ganymede] Ay, and twenty such.
ORLANDO	What sayest thou?
ROSALIND	[as Ganymede] Are you not good?
ORLANDO	I hope so.
ROSALIND	[as Ganymede] Why then, can one desire too much of a good thing? — Come, sister, you shall be the priest and marry us. — Give me your hand, Orlando. — What do you say, sister?
ORLANDO	[to Celia] Pray thee marry us.
CELIA	[as Aliena] I cannot say the words.
ROSALIND	[as Ganymede] You must begin "Will you, Orlando — "
CELIA	[as Aliena] Go to. — Will you, Orlando, have to wife this Rosalind?
ORLANDO	I will.
ROSALIND	[as Ganymede] Ay, but when?
ORLANDO	Why now, as fast as she can marry us.
ROSALIND	[as Ganymede] Then you must say "I take thee, Rosalind, for wife."
ORLANDO	I take thee, Rosalind, for wife.
ROSALIND	[as Ganymede] I might ask you for your commission, but I do take thee, Orlando, for my husband. There's a girl goes before the priest, and certainly a woman's thought runs before her actions.
ORLANDO	So do all thoughts. They are winged.

ROSALIND [as Ganymede] Now tell me how long you
would have her after you have possessed her?

ORLANDO Forever and a day.

ROSALIND [as Ganymede] Say "a day without the
ever." No, no, Orlando, men are April when they
woo, December when they wed. Maids are May
when they are maids, but the sky changes when
they are wives. I will be more jealous of thee than a
Barbary cock-pigeon over his hen, more clamorous
than a parrot against rain, more newfangled than
an ape, more giddy in my desires than a monkey. I
will weep for nothing, like Diana in the fountain,
and I will do that when you are disposed to be
merry. I will laugh like a hyena, and that when thou
art inclined to sleep.

ORLANDO But will my Rosalind do so?

ROSALIND [as Ganymede] By my life, she will do as I do.

ORLANDO O, but she is wise.

ROSALIND [as Ganymede] Or else she could not have
the wit to do this. The wiser, the waywarder. Make
the doors upon a woman's wit, and it will out at the
casement. Shut that, and 'twill out at the keyhole.
Stop that, 'twill fly with the smoke out at the chimney.

ORLANDO A man that had a wife with such a wit, he
might say "Wit, whither wilt?"

ROSALIND [as Ganymede] Nay, you might keep that
check for it till you met your wife's wit going to
your neighbor's bed.

ORLANDO And what wit could wit have to excuse that?

ROSALIND [as Ganymede] Marry, to say she came to
seek you there. You shall never take her without her

answer unless you take her without her tongue. O,
that woman that cannot make her fault her husband's
occasion, let her never nurse her child
herself, for she will breed it like a fool.

ORLANDO   For these two hours, Rosalind, I will leave thee.

ROSALIND   [as Ganymede] Alas, dear love, I cannot lack
thee two hours.

ORLANDO   I must attend the Duke at dinner. By two
o'clock I will be with thee again.

ROSALIND   [as Ganymede] Ay, go your ways, go your
ways. I knew what you would prove. My friends told
me as much, and I thought no less. That flattering
tongue of yours won me. 'Tis but one cast away, and
so, come, death. Two o'clock is your hour?

ORLANDO   Ay, sweet Rosalind.

ROSALIND   [as Ganymede] By my troth, and in good
earnest, and so God mend me, and by all pretty
oaths that are not dangerous, if you break one jot of
your promise or come one minute behind your
hour, I will think you the most pathetical break-promise,
and the most hollow lover, and the most
unworthy of her you call Rosalind that may be
chosen out of the gross band of the unfaithful.
Therefore beware my censure, and keep your promise.

ORLANDO   With no less religion than if thou wert indeed
my Rosalind. So, adieu.

ROSALIND   [as Ganymede] Well, time is the old justice that
examines all such offenders, and let time try. Adieu.
[Orlando exits.]

CELIA   You have simply misused our sex in your love-prate.
We must have your doublet and hose plucked

over your head and show the world what the bird hath done to her own nest.

ROSALIND   O coz, coz, coz, my pretty little coz, that thou didst know how many fathom deep I am in love. But it cannot be sounded; my affection hath an unknown bottom, like the Bay of Portugal.

CELIA   Or rather bottomless, that as fast as you pour affection in, it runs out.

ROSALIND   No, that same wicked bastard of Venus, that was begot of thought, conceived of spleen, and born of madness, that blind rascally boy that abuses everyone's eyes because his own are out, let him be judge how deep I am in love. I'll tell thee, Aliena, I cannot be out of the sight of Orlando. I'll go find a shadow and sigh till he come.

CELIA   And I'll sleep.

[They exit.]

ACT 4 Scene 2

Enter Jaques and Lords, like foresters.

JAQUES   Which is he that killed the deer?

FIRST LORD   Sir, it was I.

JAQUES   [to the other Lords] Let's present him to the Duke like a Roman conqueror. And it would do well to set the deer's horns upon his head for a branch of victory. — Have you no song, forester, for this purpose?

SECOND LORD   Yes, sir.

JAQUES   Sing it. 'Tis no matter how it be in tune, so it
             make noise enough.
                          [Music. Song.]
SECOND LORD [sings] W(h)at shall he have that killed the deer?
                 His leather skin and horns to wear.
                     Then sing him home.
                          [The rest shall bear this burden:]
                 Take thou no scorn to wear the horn.
                 It was a crest ere thou wast born.
                     Thy father's father wore it,
                     And thy father bore it.
                 The horn, the horn, the lusty horn
                 Is not a thing to laugh to scorn.
                                              [They exit.]

ACT 4 Scene 3

Enter Rosalind dressed as Ganymede and Celia
dressed as Aliena.

ROSALIND   How say you now? Is it not past two o'clock?
             And here much Orlando.
CELIA   I warrant you, with pure love and troubled brain he hath
             ta'en his bow and arrows and is gone forth to sleep.
                                              [Enter Silvius.]
             Look who comes here.
SILVIUS   [to Rosalind]
             My errand is to you, fair youth.
             My gentle Phoebe did bid me give you this.

211

[He gives Rosalind a paper.]
I know not the contents, but as I guess
By the stern brow and waspish action
Which she did use as she was writing of it,
It bears an angry tenor. Pardon me.
I am but as a guiltless messenger.

[Rosalind reads the letter.]

ROSALIND [as Ganymede]
Patience herself would startle at this letter
And play the swaggerer. Bear this, bear all.
She says I am not fair, that I lack manners.
She calls me proud, and that she could not love me
Were man as rare as phoenix. 'Od's my will,
Her love is not the hare that I do hunt.
Why writes she so to me? Well, shepherd, well,
This is a letter of your own device.

SILVIUS No, I protest. I know not the contents.
Phoebe did write it.

ROSALIND [as Ganymede] Come, come, you are a fool,
And turned into the extremity of love.
I saw her hand. She has a leathern hand,
A freestone-colored hand. I verily did think
That her old gloves were on, but 'twas her hands.
She has a huswife's hand — but that's no matter.
I say she never did invent this letter.
This is a man's invention, and his hand.

SILVIUS Sure it is hers.

ROSALIND [as Ganymede]
Why, 'tis a boisterous and a cruel style,
A style for challengers. Why, she defies me
Like Turk to Christian. Women's gentle brain

	Could not drop forth such giant-rude invention,
	Such Ethiop words, blacker in their effect
	Than in their countenance. Will you hear the letter?
SILVIUS	So please you, for I never heard it yet,
	Yet heard too much of Phoebe's cruelty.
ROSALIND	[as Ganymede]

She Phoebes me. Mark how the tyrant writes.

[Read.]

Art thou god to shepherd turned,
That a maiden's heart hath burned?

Can a woman rail thus?

SILVIUS Call you this railing?

ROSALIND [as Ganymede]

[Read.]

Why, thy godhead laid apart,
Warr'st thou with a woman's heart?

Did you ever hear such railing?

Whiles the eye of man did woo me,
That could do no vengeance to me.

Meaning me a beast.

If the scorn of your bright eyne
Have power to raise such love in mine,
Alack, in me what strange effect
Would they work in mild aspect?
Whiles you chid me, I did love.
How then might your prayers move?
He that brings this love to thee
Little knows this love in me,
And by him seal up thy mind
Whether that thy youth and kind
Will the faithful offer take

Of me, and all that I can make,

Or else by him my love deny,

And then I'll study how to die.

SILVIUS Call you this chiding?

CELIA [as Aliena] Alas, poor shepherd.

ROSALIND [as Ganymede] Do you pity him? No, he deserves
no pity. — Wilt thou love such a woman? What, to
make thee an instrument and play false strains upon
thee? Not to be endured. Well, go your way to her,
for I see love hath made thee a tame snake, and say
this to her: that if she love me, I charge her to love
thee; if she will not, I will never have her unless
thou entreat for her. If you be a true lover, hence,
and not a word, for here comes more company.

[Silvius exits.]

[Enter Oliver.]

OLIVER Good morrow, fair ones. Pray you, if you know,

Where in the purlieus of this forest stands

A sheepcote fenced about with olive trees?

CELIA [as Aliena]

West of this place, down in the neighbor bottom;

The rank of osiers by the murmuring stream

Left on your right hand brings you to the place.

But at this hour the house doth keep itself.

There's none within.

OLIVER If that an eye may profit by a tongue,

Then should I know you by description —

Such garments, and such years. "The boy is fair,

Of female favor, and bestows himself

Like a ripe sister; the woman low

And browner than her brother. Are not you

	The owner of the house I did inquire for?
CELIA	[as Aliena]
	It is no boast, being asked, to say we are.
OLIVER	Orlando doth commend him to you both,
	And to that youth he calls his Rosalind
	He sends this bloody napkin. Are you he?

[He shows a stained handkerchief.]

ROSALIND	[as Ganymede]
	I am. What must we understand by this?
OLIVER	Some of my shame, if you will know of me
	What man I am, and how, and why, and where
	This handkercher was stained.
CELIA	[as Aliena] I pray you tell it.
OLIVER	When last the young Orlando parted from you,
	He left a promise to return again
	Within an hour, and pacing through the forest,
	Chewing the food of sweet and bitter fancy,
	Lo, what befell. He threw his eye aside —
	And mark what object did present itself:
	Under an old oak, whose boughs were mossed with age
	And high top bald with dry antiquity,
	A wretched, ragged man, o'ergrown with hair,
	Lay sleeping on his back. About his neck
	A green and gilded snake had wreathed itself,
	Who with her head, nimble in threats, approached
	The opening of his mouth. But suddenly,
	Seeing Orlando, it unlinked itself
	And, with indented glides, did slip away
	Into a bush, under which bush's shade
	A lioness, with udders all drawn dry,
	Lay couching, head on ground, with catlike watch

When that the sleeping man should stir — for 'tis

The royal disposition of that beast

To prey on nothing that doth seem as dead.

This seen, Orlando did approach the man

And found it was his brother, his elder brother.

CELIA [as Aliena]

O, I have heard him speak of that same brother,

And he did render him the most unnatural

That lived amongst men.

OLIVER   And well he might so do,

For well I know he was unnatural.

ROSALIND [as Ganymede]

But to Orlando: did he leave him there,

Food to the sucked and hungry lioness?

OLIVER Twice did he turn his back and purposed so,

But kindness, nobler ever than revenge,

And nature, stronger than his just occasion,

Made him give battle to the lioness,

Who quickly fell before him; in which hurtling,

From miserable slumber I awaked.

CELIA [as Aliena] Are you his brother?

ROSALIND [as Ganymede]   Was 't you he rescued?

CELIA [as Aliena]

Was 't you that did so oft contrive to kill him?

OLIVER 'Twas I, but 'tis not I. I do not shame

To tell you what I was, since my conversion

So sweetly tastes, being the thing I am.

ROSALIND [as Ganymede] But for the bloody napkin?

OLIVER   By and by.

When from the first to last betwixt us two

Tears our recountments had most kindly bathed —

As how I came into that desert place —
In brief, he led me to the gentle duke,
Who gave me fresh array and entertainment,
Committing me unto my brother's love;
Who led me instantly unto his cave,
There stripped himself, and here upon his arm
The lioness had torn some flesh away,
Which all this while had bled; and now he fainted,
And cried in fainting upon Rosalind.
Brief, I recovered him, bound up his wound,
And after some small space, being strong at heart,
He sent me hither, stranger as I am,
To tell this story, that you might excuse
His broken promise, and to give this napkin
Dyed in his blood unto the shepherd youth
That he in sport doth call his Rosalind.

[Rosalind faints.]

CELIA   [as Aliena]

Why, how now, Ganymede, sweet Ganymede?

OLIVER   Many will swoon when they do look on blood.

CELIA   [as Aliena] There is more in it. — Cousin Ganymede.

OLIVER   Look, he recovers.

ROSALIND   I would I were at home.

CELIA   [as Aliena] We'll lead you thither. — I pray you,
will you take him by the arm?

OLIVER   [helping Rosalind to rise] Be of good cheer,
youth. You a man? You lack a man's heart.

ROSALIND   [as Ganymede] I do so, I confess it. Ah,
sirrah, a body would think this was well-counterfeited.
I pray you tell your brother how well I
counterfeited. Heigh-ho.

OLIVER	This was not counterfeit. There is too great testimony in your complexion that it was a passion of earnest.
ROSALIND	[as Ganymede] Counterfeit, I assure you.
OLIVER	Well then, take a good heart, and counterfeit to be a man.
ROSALIND	[as Ganymede] So I do; but, i' faith, I should have been a woman by right.
CELIA	[as Aliena] Come, you look paler and paler. Pray you draw homewards. — Good sir, go with us.
OLIVER	That will I, for I must bear answer back How you excuse my brother, Rosalind.
ROSALIND	[as Ganymede] I shall devise something. But I pray you commend my counterfeiting to him. Will you go?

[They exit.]

ACT 5 Scene 1

Enter Touchstone and Audrey.

TOUCHSTONE	We shall find a time, Audrey. Patience, gentle Audrey.
AUDREY	Faith, the priest was good enough, for all the old gentleman's saying.
TOUCHSTONE	A most wicked Sir Oliver, Audrey, a most vile Martext. But Audrey, there is a youth here in the forest lays claim to you.
AUDREY	Ay, I know who 'tis. He hath no interest in me in the world. [Enter William.]

218

	Here comes the man you mean.
TOUCHSTONE	It is meat and drink to me to see a clown.
	By my troth, we that have good wits have much to
	answer for. We shall be flouting. We cannot hold.
WILLIAM	Good ev'n, Audrey.
AUDREY	God gi' good ev'n, William.
WILLIAM	[to Touchstone] And good ev'n to you, sir.
TOUCHSTONE	Good ev'n, gentle friend. Cover thy head,
	cover thy head. Nay, prithee, be covered. How old
	are you, friend?
WILLIAM	Five-and-twenty, sir.
TOUCHSTONE	A ripe age. Is thy name William?
WILLIAM	William, sir.
TOUCHSTONE	A fair name. Wast born i' th' forest here?
WILLIAM	Ay, sir, I thank God.
TOUCHSTONE	"Thank God. A good answer. Art rich?
WILLIAM	'Faith sir, so-so.
TOUCHSTONE	"So-so is good, very good, very excellent
	good. And yet it is not: it is but so-so. Art thou wise?
WILLIAM	Ay, sir, I have a pretty wit.
TOUCHSTONE	Why, thou sayst well. I do now remember
	a saying: The fool doth think he is wise, but the
	wise man knows himself to be a fool. The heathen
	philosopher, when he had a desire to eat a grape,
	would open his lips when he put it into his mouth,
	meaning thereby that grapes were made to eat and
	lips to open. You do love this maid?
WILLIAM	I do, sir.
TOUCHSTONE	Give me your hand. Art thou learned?
WILLIAM	No, sir.
TOUCHSTONE	Then learn this of me: to have is to have.

	For it is a figure in rhetoric that drink, being poured out of a cup into a glass, by filling the one doth empty the other. For all your writers do consent that ipse is he. Now, you are not ipse, for I am he.
WILLIAM	Which he, sir?
TOUCHSTONE	He, sir, that must marry this woman.
	Therefore, you clown, abandon — which is in the vulgar "leave" — the society — which in the boorish is "company" — of this female — which in the common is "woman"; which together is, abandon the society of this female, or, clown, thou perishest; or, to thy better understanding, diest; or, to wit, I kill thee, make thee away, translate thy life into death, thy liberty into bondage. I will deal in poison with thee, or in bastinado, or in steel. I will bandy with thee in faction. I will o'errun thee with policy. I will kill thee a hundred and fifty ways. Therefore tremble and depart.
AUDREY	Do, good William.
WILLIAM	[to Touchstone] God rest you merry, sir.

[He exits.]

[Enter Corin.]

CORIN	Our master and mistress seeks you. Come away, away.
TOUCHSTONE	Trip, Audrey, trip, Audrey. — I attend, I attend.

[They exit.]

ACT 5 Scene 2

Enter Orlando, with his arm in a sling, and Oliver.

ORLANDO   Is 't possible that on so little acquaintance
you should like her? That, but seeing, you should
love her? And loving, woo? And wooing, she should
grant? And will you persever to enjoy her?

OLIVER   Neither call the giddiness of it in question, the
poverty of her, the small acquaintance, my sudden
wooing, nor her sudden consenting, but say with
me "I love Aliena"; say with her that she loves me;
consent with both that we may enjoy each other. It
shall be to your good, for my father's house and all
the revenue that was old Sir Rowland's will I estate
upon you, and here live and die a shepherd.

[Enter Rosalind, as Ganymede.]

ORLANDO   You have my consent. Let your wedding be
tomorrow. Thither will I invite the Duke and all 's
contented followers. Go you and prepare Aliena,
for, look you, here comes my Rosalind.

ROSALIND   [as Ganymede, to Oliver] God save you, brother.

OLIVER   And you, fair sister.   [He exits.]

ROSALIND   [as Ganymede] O my dear Orlando, how it
grieves me to see thee wear thy heart in a scarf.

ORLANDO   It is my arm.

ROSALIND   [as Ganymede] I thought thy heart had been
wounded with the claws of a lion.

ORLANDO   Wounded it is, but with the eyes of a lady.

ROSALIND   [as Ganymede] Did your brother tell you

how I counterfeited to swoon when he showed me
your handkercher?

ORLANDO   Ay, and greater wonders than that.

ROSALIND   [as Ganymede] O, I know where you are.
Nay, 'tis true. There was never anything so sudden
but the fight of two rams, and Caesar's thrasonical
brag of "I came, saw, and overcame. For your
brother and my sister no sooner met but they
looked, no sooner looked but they loved, no sooner
loved but they sighed, no sooner sighed but they
asked one another the reason, no sooner knew the
reason but they sought the remedy; and in these
degrees have they made a pair of stairs to marriage,
which they will climb incontinent, or else be incontinent
before marriage. They are in the very wrath
of love, and they will together. Clubs cannot part them.

ORLANDO   They shall be married tomorrow, and I will bid the
Duke to the nuptial. But O, how bitter a thing it is
to look into happiness through another man's eyes.
By so much the more shall I tomorrow be at the
height of heart-heaviness by how much I shall think
my brother happy in having what he wishes for.

ROSALIND   [as Ganymede] Why, then, tomorrow I cannot
serve your turn for Rosalind?

ORLANDO   I can live no longer by thinking.

ROSALIND   [as Ganymede] I will weary you then no
longer with idle talking. Know of me then — for
now I speak to some purpose — that I know you are
a gentleman of good conceit. I speak not this that
you should bear a good opinion of my knowledge,
insomuch I say I know you are. Neither do I labor

for a greater esteem than may in some little measure draw a belief from you to do yourself good, and not to grace me. Believe then, if you please, that I can do strange things. I have, since I was three year old, conversed with a magician, most profound in his art and yet not damnable. If you do love Rosalind so near the heart as your gesture cries it out, when your brother marries Aliena shall you marry her. I know into what straits of fortune she is driven, and it is not impossible to me, if it appear not inconvenient to you, to set her before your eyes tomorrow, human as she is, and without any danger.

ORLANDO   Speak'st thou in sober meanings?

ROSALIND   [as Ganymede] By my life I do, which I
tender dearly, though I say I am a magician. Therefore put you in your best array, bid your friends; for if you will be married tomorrow, you shall, and to Rosalind, if you will.

                              [Enter Silvius and Phoebe.]

Look, here comes a lover of mine and a lover of hers.

PHOEBE   [to Rosalind]

Youth, you have done me much ungentleness
To show the letter that I writ to you.

ROSALIND   [as Ganymede] I care not if I have. It is my study
To seem despiteful and ungentle to you.
You are there followed by a faithful shepherd.
Look upon him, love him; he worships you.

PHOEBE   [to Silvius]

Good shepherd, tell this youth what 'tis to love.

SILVIUS   It is to be all made of sighs and tears,
And so am I for Phoebe.

223

PHOEBE	And I for Ganymede.
ORLANDO	And I for Rosalind.
ROSALIND	[as Ganymede] And I for no woman.
SILVIUS	It is to be all made of faith and service,
	And so am I for Phoebe.
PHOEBE	And I for Ganymede.
ORLANDO	And I for Rosalind.
ROSALIND	[as Ganymede] And I for no woman.
SILVIUS	It is to be all made of fantasy,
	All made of passion and all made of wishes,
	All adoration, duty, and observance,
	All humbleness, all patience and impatience,
	All purity, all trial, all observance,
	And so am I for Phoebe.
PHOEBE	And so am I for Ganymede.
ORLANDO	And so am I for Rosalind.
ROSALIND	[as Ganymede] And so am I for no woman.
PHOEBE	If this be so, why blame you me to love you?
SILVIUS	If this be so, why blame you me to love you?
ORLANDO	If this be so, why blame you me to love you?
ROSALIND	[as Ganymede] Why do you speak too,
	"Why blame you me to love you?"
ORLANDO	To her that is not here, nor doth not hear.
ROSALIND	[as Ganymede] Pray you, no more of this. 'Tis like the howling of Irish wolves against the moon. [(To Silvius.)] I will help you if I can. [(To Phoebe.)] I would love you if I could. — Tomorrow meet me all together. [(To Phoebe.)] I will marry you if ever I marry woman, and I'll be married tomorrow. [(To Orlando.)] I will satisfy you if ever I satisfy man, and you shall be married tomorrow. [(To Silvius.)]

I will content you, if what pleases you contents you,
and you shall be married tomorrow. [(To Orlando.)]
As you love Rosalind, meet. [(To Silvius.)] As you
love Phoebe, meet. — And as I love no woman, I'll
meet. So fare you well. I have left you commands.

SILVIUS   I'll not fail, if I live.

PHOEBE   Nor I.

ORLANDO   Nor I.

[They exit.]

ACT 5 Scene 3

Enter Touchstone and Audrey.

TOUCHSTONE   Tomorrow is the joyful day, Audrey. Tomorrow
will we be married.

AUDREY   I do desire it with all my heart, and I hope it is no
dishonest desire to desire to be a woman of the world.

[Enter two Pages.]

Here come two of the banished duke's pages.

FIRST PAGE   Well met, honest gentleman.

TOUCHSTONE   By my troth, well met. Come, sit, sit, and a song.

SECOND PAGE   We are for you. Sit i' th' middle.

[They sit.]

FIRST PAGE   Shall we clap into 't roundly, without
hawking or spitting or saying we are hoarse, which
are the only prologues to a bad voice?

SECOND PAGE   I' faith, i' faith, and both in a tune like
two gypsies on a horse.

PAGES [sing] It was a lover and his lass,
  With a hey, and a ho, and a hey-nonny-no,
 That o'er the green cornfield did pass
  In springtime, the only pretty ring time,
 When birds do sing, hey ding a ding, ding.
 Sweet lovers love the spring.
 Between the acres of the rye,
  With a hey, and a ho, and a hey-nonny-no,
 These pretty country folks would lie
  In springtime, the only pretty ring time,
 When birds do sing, hey ding a ding, ding.
 Sweet lovers love the spring.
 This carol they began that hour,
  With a hey, and a ho, and a hey-nonny-no,
 How that a life was but a flower
  In springtime, the only pretty ring time,
 When birds do sing, hey ding a ding, ding.
 Sweet lovers love the spring.
 And therefore take the present time,
  With a hey, and a ho, and a hey-nonny-no,
 For love is crowned with the prime,
  In springtime, the only pretty ring time,
 When birds do sing, hey ding a ding, ding.
 Sweet lovers love the spring.

TOUCHSTONE Truly, young gentlemen, though there
was no great matter in the ditty, yet the note was
very untunable.

FIRST PAGE You are deceived, sir. We kept time. We lost
not our time.

TOUCHSTONE By my troth, yes. I count it but time lost

to hear such a foolish song. God be wi' you, and
God mend your voices. — Come, Audrey.

[They rise and exit.]

ACT 5 Scene 4

Enter Duke Senior, Amiens, Jaques, Orlando, Oliver,
and Celia as Aliena.

DUKE SENIOR   Dost thou believe, Orlando, that the boy
               Can do all this that he hath promised?

ORLANDO   I sometimes do believe and sometimes do not,
               As those that fear they hope, and know they fear.

[Enter Rosalind as Ganymede, Silvius, and Phoebe.]

ROSALIND   [as Ganymede]
               Patience once more whiles our compact is urged.
               [To Duke.] You say, if I bring in your Rosalind,
               You will bestow her on Orlando here?

DUKE SENIOR   That would I, had I kingdoms to give with her.

ROSALIND   [as Ganymede, to Orlando]
               And you say you will have her when I bring her?

ORLANDO   That would I, were I of all kingdoms king.

ROSALIND   [as Ganymede, to Phoebe]
               You say you'll marry me if I be willing?

PHOEBE   That will I, should I die the hour after.

ROSALIND   [as Ganymede] But if you do refuse to marry me,
               You'll give yourself to this most faithful shepherd?

PHOEBE   So is the bargain.

ROSALIND   [as Ganymede, to Silvius]

227

You say that you'll have Phoebe if she will?

SILVIUS   Though to have her and death were both one thing.

ROSALIND   [as Ganymede]

I have promised to make all this matter even.
Keep you your word, O duke, to give your daughter, —
You yours, Orlando, to receive his daughter. —
Keep you your word, Phoebe, that you'll marry me,
Or else, refusing me, to wed this shepherd. —
Keep your word, Silvius, that you'll marry her
If she refuse me. And from hence I go
To make these doubts all even.

[Rosalind and Celia exit.]

DUKE SENIOR   I do remember in this shepherd boy
Some lively touches of my daughter's favor.

ORLANDO   My lord, the first time that I ever saw him
Methought he was a brother to your daughter.
But, my good lord, this boy is forest-born
And hath been tutored in the rudiments
Of many desperate studies by his uncle,
Whom he reports to be a great magician
Obscured in the circle of this forest.

[Enter Touchstone and Audrey.]

JAQUES   There is sure another flood toward, and these couples
are coming to the ark. Here comes a pair of very
strange beasts, which in all tongues are called fools.

TOUCHSTONE   Salutation and greeting to you all.

JAQUES   [to Duke] Good my lord, bid him welcome. This is
the motley-minded gentleman that I have so often
met in the forest. He hath been a courtier, he swears.

TOUCHSTONE   If any man doubt that, let him put me to my
purgation. I have trod a measure. I have flattered

	a lady. I have been politic with my friend, smooth with mine enemy. I have undone three tailors. I have had four quarrels, and like to have fought one.
JAQUES	And how was that ta'en up?
TOUCHSTONE	Faith, we met and found the quarrel was upon the seventh cause.
JAQUES	How "seventh cause?" — Good my lord, like this fellow.
DUKE SENIOR	I like him very well.
TOUCHSTONE	God 'ild you, sir. I desire you of the like. I press in here, sir, amongst the rest of the country copulatives, to swear and to forswear, according as marriage binds and blood breaks. A poor virgin, sir, an ill-favored thing, sir, but mine own. A poor humor of mine, sir, to take that that no man else will. Rich honesty dwells like a miser, sir, in a poor house, as your pearl in your foul oyster.
DUKE SENIOR	By my faith, he is very swift and sententious.
TOUCHSTONE	According to the fool's bolt, sir, and such dulcet diseases.
JAQUES	But for the seventh cause. How did you find the quarrel on the seventh cause?
TOUCHSTONE	Upon a lie seven times removed. — Bear your body more seeming, Audrey. — As thus, sir: I did dislike the cut of a certain courtier's beard. He sent me word if I said his beard was not cut well, he was in the mind it was. This is called "the retort courteous. If I sent him word again it was not well cut, he would send me word he cut it to please himself. This is called "the quip modest. If again it was not well cut, he disabled my judgment. This is called the reply churlish. If again it was not well

cut, he would answer I spake not true. This is called
"the reproof valiant. If again it was not well cut, he
would say I lie. This is called "the countercheck
quarrelsome, and so to "the lie circumstantial,"
and "the lie direct."

JAQUES   And how oft did you say his beard was not well cut?

TOUCHSTONE   I durst go no further than the lie circumstantial,
nor he durst not give me the lie direct, and
so we measured swords and parted.

JAQUES   Can you nominate in order now the degrees of the lie?

TOUCHSTONE   O sir, we quarrel in print, by the book, as
you have books for good manners. I will name you
the degrees: the first, "the retort courteous"; the
second, "the quip modest"; the third, "the reply
churlish"; the fourth, "the reproof valiant"; the
fifth, "the countercheck quarrelsome"; the sixth,
"the lie with circumstance"; the seventh, the lie
direct. All these you may avoid but the lie direct,
and you may avoid that too with an if. I knew
when seven justices could not take up a quarrel, but
when the parties were met themselves, one of them
thought but of an if, as: If you said so, then I said
so. And they shook hands and swore brothers.
Your if is the only peacemaker: much virtue in "if."

JAQUES   [to Duke] Is not this a rare fellow, my lord?
He's as good at anything and yet a fool.

DUKE SENIOR   He uses his folly like a stalking-horse,
and under the presentation of that he shoots his wit.

[Enter Hymen, Rosalind, and Celia. Still music.]

HYMEN   Then is there mirth in heaven

When earthly things made even

230

Atone together.

Good duke, receive thy daughter.

Hymen from heaven brought her,

Yea, brought her hither,

That thou mightst join her hand with his,

Whose heart within his bosom is.

ROSALIND [to Duke] To you I give myself, for I am yours.

[To Orlando.] To you I give myself, for I am yours.

DUKE SENIOR If there be truth in sight, you are my daughter.

ORLANDO If there be truth in sight, you are my Rosalind.

PHOEBE If sight and shape be true,

Why then, my love adieu.

ROSALIND [to Duke] I'll have no father, if you be not he.

[To Orlando.] I'll have no husband, if you be not he,

[To Phoebe.] Nor ne'er wed woman, if you be not she.

HYMEN Peace, ho! I bar confusion.

'Tis I must make conclusion

Of these most strange events.

Here's eight that must take hands

To join in Hymen's bands,

If truth holds true contents.

[To Rosalind and Orlando.]

You and you no cross shall part.

[To Celia and Oliver.]

You and you are heart in heart.

[To Phoebe.]

You to his love must accord

Or have a woman to your lord.

[To Audrey and Touchstone.]

You and you are sure together

As the winter to foul weather.

Whiles a wedlock hymn we sing,

Feed yourselves with questioning,

That reason wonder may diminish

How thus we met, and these things finish.

[Song.]

Wedding is great Juno's crown,

  O blessed bond of board and bed.

'Tis Hymen peoples every town.

  High wedlock then be honored.

Honor, high honor, and renown

To Hymen, god of every town.

DUKE SENIOR   [to Celia] O my dear niece, welcome thou art to me,

Even daughter, welcome in no less degree.

PHOEBE   [to Silvius] I will not eat my word. Now thou art mine,

Thy faith my fancy to thee doth combine.

[Enter Second Brother, Jaques de Boys.]

SECOND BROTHER Let me have audience for a word or two.

I am the second son of old Sir Rowland,

That bring these tidings to this fair assembly.

Duke Frederick, hearing how that every day

Men of great worth resorted to this forest,

Addressed a mighty power, which were on foot

In his own conduct, purposely to take

His brother here and put him to the sword;

And to the skirts of this wild wood he came,

Where, meeting with an old religious man,

After some question with him, was converted

Both from his enterprise and from the world,

His crown bequeathing to his banished brother,

And all their lands restored to them again

That were with him exiled. This to be true
I do engage my life.

DUKE SENIOR   Welcome, young man.
Thou offer'st fairly to thy brothers' wedding:
To one his lands withheld, and to the other
A land itself at large, a potent dukedom. —
First, in this forest let us do those ends
That here were well begun and well begot,
And, after, every of this happy number
That have endured shrewd days and nights with us
Shall share the good of our returned fortune
According to the measure of their states.
Meantime, forget this new-fall'n dignity,
And fall into our rustic revelry. —
Play, music. — And you brides and bridegrooms all,
With measure heaped in joy to th' measures fall.

JAQUES   [to Second Brother]
Sir, by your patience: if I heard you rightly,
The Duke hath put on a religious life
And thrown into neglect the pompous court.

SECOND BROTHER   He hath.

JAQUES   To him will I. Out of these convertites
There is much matter to be heard and learned.
[To Duke.] You to your former honor I bequeath;
Your patience and your virtue well deserves it.
[To Orlando.] You to a love that your true faith doth
merit.
[To Oliver.] You to your land, and love, and great allies.
[To Silvius.] You to a long and well-deserved bed.
[To Touchstone.] And you to wrangling, for thy
loving voyage

	Is but for two months victualled. — So to your
	pleasures.
	I am for other than for dancing measures.
DUKE SENIOR	Stay, Jaques, stay.
JAQUES	To see no pastime, I. What you would have
	I'll stay to know at your abandoned cave.

[He exits.]

| DUKE SENIOR | Proceed, proceed. We'll begin these rites, |
| | As we do trust they'll end, in true delights. |

[Dance. All but Rosalind exit.]

EPILOGUE

ROSALIND It is not the fashion to see the lady the
epilogue, but it is no more unhandsome than to see
the lord the prologue. If it be true that good wine
needs no bush, 'tis true that a good play needs no
epilogue. Yet to good wine they do use good bushes,
and good plays prove the better by the help of good
epilogues. What a case am I in then that am neither
a good epilogue nor cannot insinuate with you in
the behalf of a good play! I am not furnished like a
beggar; therefore to beg will not become me. My
way is to conjure you, and I'll begin with the
women. I charge you, O women, for the love you
bear to men, to like as much of this play as please
you. And I charge you, O men, for the love you bear
to women — as I perceive by your simpering, none
of you hates them — that between you and the

women the play may please. If I were a woman, I would kiss as many of you as had beards that pleased me, complexions that liked me, and breaths that I defied not. And I am sure as many as have good beards, or good faces, or sweet breaths will for my kind offer, when I make curtsy, bid me farewell.

[She exits.]

좋으실 대로

1판 1쇄 펴냄	2023년 5월 12일
1판 2쇄 펴냄	2024년 12월 17일

지은이	윌리엄 셰익스피어
옮긴이	최종철
발행인	박근섭 · 박상준

펴낸곳	(주)민음사
출판등록	1966. 5. 19. 제16-490호
주소	서울시 강남구 도산대로 1길 62(신사동)
	강남출판문화센터 5층(우편번호 06027)
대표전화	02-515-2000
팩시밀리	02-515-2007
홈페이지	www.minumsa.com

ⓒ 최종철, 2023. Printed in Seoul, Korea

978-89-374-2777-0 04840

978-89-374-2774-9 (세트)